愛情的規律與範圍

營業中。

目錄

關於一夜情的一些有的沒的

沒想到早上的陽光，透得讓一切變得不知該怎麼辦。

她叫葉慈？不對，那是英國詩人，死透透的英國大詩人。她叫葉子。

昨天晚上喝了幾種酒？至少先啤酒，再白酒和威士忌。之後，葉子上了我的車，或我上了葉子的車？不可能我的車，我只有一頂安全帽。

忘記車，該想的是我到底身在何處？

睜開眼的剎那，見到粉紅色的天花板與中間那盞轉得有些扭曲的白色吊扇，看來是女人的房間。

白色吊扇緩緩轉動，移低視線，見到陽光底下晶亮刺眼的蕾絲窗簾與立在枕頭旁舉兩個沒有手指的拳頭的哆啦A夢，靠牆的床沿堆滿書，大部分是小說，也摻雜了些財經和電腦的，如果是女人房間，這女人挺極端。

萬一吊扇掉下來……

吊扇暫時沒掉下來的可能，倒是另一邊床尾有堆白乎乎會動的東西緊盯我，是隻蹲在《傲慢與偏見》上、渾身被蓬鬆長毛包住的貓。牠對我打個呵欠，閉上眼打起盹。

牠一晚上都在屋裡？

勉強坐起身，一張素顏的女人臉孔出現在沒敲門即打開的門縫裡：

「起來囉？浴室那把藍色的牙刷是新的。快。」

這是對我說的吧？

「懶豬，過來。快，Jane，吃早飯。」

這，對貓說的。

Jane 拱起身四肢朝前朝後伸展，張大嘴再打個好大呵欠。拉完筋，搖搖尾巴，牠居然踩著我的腿橫過床跳進門縫後消失。

跟隨 Jane 行動？不，我得先找內褲、襯衫和牛仔褲……對，還有襪子。

推開門，按理說浴室會在走道上的某一扇門內，希望門上像酒吧一樣，貼了 TOILET 之類的英文或圖案。

左手邊兩扇門，右手邊兩扇門，沒有英文或圖案。我冒險推開離右手最近的門，果然是浴室。

先尿尿？先刷牙？來不及選擇，有人進來，我趕緊像在酒吧廁所面對尿池一樣縮起屁股讓他過去。男的，他沒說早安，逕自坐上馬桶。我該繼續刷牙還是禮貌地閃一下？

我故作鎮靜，刷牙。幸好他動作快，一張衛生紙唰唰唰，即提起褲子。

沖水的聲音中，他總算朝我招呼：「早。」

刷完牙，尿光昨晚留在肚內的啤酒，推開門，又是選擇，該回剛才的房間，還是朝走道的另一頭走？

走出走道，走進偌大的客飯廳。看得出本來屋主的設計最那頭是廚房和飯廳，這頭則是客廳，可能年代久，不知不覺混在一起。沙發上盡是衣服、被子、抱枕，茶几被擠到一角，堆報紙和雜誌，客廳的功能率先被消滅。

圓桌圍坐四個人，穿背心的白髮老先生脖子綁了圍兜笑呵呵看電視裡的新聞報導，穿圍裙的老太太在瓦斯爐前煎蛋，大男孩悶頭吃早飯。嗯，應該是在浴室內認識的那位。

葉子坐在老先生旁，一邊看電視，一邊舉起筷子指指小圓桌剩下的空位：

「吃早飯。Coffee or tea？」

她笑得燦爛，我只好陪著笑。

才刷牙尿尿的時間，她已經塗抹成另一個人。瞬間恢復記憶，沒錯，是昨晚和我喝了至少一打啤酒的女人。

酒保兔子說，她叫葉子，樹葉的葉。

坐進高背椅，老太太已經將剛煎好的荷包蛋與熱騰騰的稀飯送到我面前，按照受過的十六年教育，我該起立說：「伯母，不好意思，打擾了。」

沒機會說，老太太站到老先生旁邊，一匙稀飯慢動作似地送進笑呵呵的嘴裡。

進去三分之二，圍兜承接另外三分之一。她看看電視裡的豬哥亮，捧起另一只飯碗，嘩啦啦將稀飯扒進嘴。

我吃飯，大男孩滑他的手機，其他三人看電視，Jane在窗前，牠側頭咬出咔咔聲，爪前是一碗看起來有魚有肉加上顆粒狀貓食的早餐，碗旁一碟牛奶。牠回頭瞄我一眼，嫌棄的表情。

收回對貓食的想像，我瞪向面前的蛋。

荷包蛋和常吃的sunny side不同，兩面煎，煎得扁，蛋黃必然煎到全熟，熟得得用牙齒咬，不過灑了醬油，泛出勾動欲望的醬香。

桌面的圓形轉盤上五種小菜排成梅花模樣：花生米與榨菜、豆腐乳、炒高麗菜、煎魚、牛油，包攏中間裝稀飯的鍋子、花邊大碗內的一摞小花捲。

我小心拿起一枚花捲，隔壁男孩兩眼雖仍專注在他的手機，一手卻精準地用筷子夾斷一小截牛油，扔進他的稀飯內，攪了幾下，牛油香味隨筷尖散了一屋子。

原想夾豆腐乳配稀飯，臨時改變主意，換成牛油。呃，尚未化開，吃得滿喉嚨油。

稀飯沒吃完，葉子已經站起身把兩枚花捲塞進我手裡：

「快，我要遲到了。」

「姐，能坐妳的車嗎？」

「只能送你到捷運站。」

葉子一手拉我出門，一手抱住Jane，臉往貓毛裡鑽。

「乖乖，不准惹爺爺、奶奶生氣。想你喔。」

我沒有拿貓毛擦嘴的意思，牠更沒理睬我的意思，一跳，回到窗前，慢條斯理地繼續卡崩卡崩啃牠的早餐。

想向老先生、老太太道謝告辭，來不及，只聽到老太太的聲音：

「再來玩喔。」

她搞清楚我是誰嗎？

No coffee。

顯然昨晚坐的是葉子的車，那麼我的車停在哪裡？如果停在兔子店前的紅線，這時候恐怕已經進拖吊場。

我被推進BMW的副駕駛座，男孩鑽後座，葉子右腳高跟鞋不停在剎車與油門間轉換，避過小巷內的機車，兩三下已經擠進羅斯福路。

男孩在台電大樓站下車，他什麼都沒說，甚至對我說的「再見」毫無反應。

終於剩下兩個人，我不能不開口：「謝謝招待。」

話才出口便覺得不對，我想謝的是早飯，她會不會以為我謝的是昨晚？

「不客氣，記得你公司在新生南路，你家在八德路三段，你爸家在溫州街，要回哪個家？快九點了，直接進公司？」

昨晚我一定說了不少話。

「公司，謝謝。」

她居然掐我大腿。

「謝什麼謝！」

由此判斷，昨晚必然發生若干樁事情，「若干」的值必大於一，否則我不會脫掉內褲睡覺，她更不會一大早掐我的腿。

「你的工作聽起來很有趣，沒有老闆、沒人囉唆、沒有同事，會不會寂寞？中午和誰一起吃午飯？為什麼要在別人公司租張桌子，在家裡接生意不是也可以？你家不夠大？有 wi-fi 和電源插座就能做生意，不是嗎？」

她怎麼全知道？昨晚到底發生哪些事？我記得喝酒、看王建民的重播、她和我拼酒——對了，我記得誰的乳房下面有塊像五十元銅板大小的胎記？小咪的胎記在後腰。

能請她撩起上衣證實我的疑惑？

況且，為什麼沒見到保險套？

還有，叫 Jane 的貓果真整晚在屋內？

她將車停在忠孝新生捷運站前的人行道旁：「這裡對吧？」

我該再謝謝她，可是沒謝。下車時聽到她喊：「兔子那裡見。」

BMW 奔進上班的車潮內，我得想想，她的意思是今晚兔子那裡見，或是有機會、有緣分自然在兔子那裡見？

進大樓、進電梯。有股味道，得請假回家洗個澡，看來昨晚辦完事即睡著。怎麼辦的事？她辦？我辦？輪流辦？她隔壁房間睡的是誰？

在電梯內我努力回憶，昨晚到她家時不經過客飯廳不行，她爸媽笑呵呵坐在電視機前？進房後，誰脫誰的衣服？她自己脫？

我撥兔子手機，這時早上八點四十八分，他睡覺中，不可能接，說也奇怪，他接了：

「別吵我，她叫葉子，樹葉的葉，其他的你自己問她，OK？」

又需要廁所，可能稀飯的關係。

為什麼尿的時候，我又想到貓，而且頓時小腹以下有種空虛的感覺？

摩卡・單人床上的老公貓

三國仔幫我接的生意，三年前他開了徵信社，不過他堅持大廳牆上各樓層公司名牌上，掛「華生偵探社」，遇人便強調：

「我們是偵探，Private Eye。你付錢，我們的眼睛就是你的眼睛。」

大樓管理員陳桑問過我：

「你們的眼睛是我的眼睛？啊你有白內障沒？」

我和他在後門抽菸區認識的，菸友。

「青光眼。」

陳桑笑得直不起腰，抽完菸後，任何訪客問華生偵探社，他一定回答：

「找眼科喔？」

我不是華生眼科的員工，向三國仔租張桌子落腳罷了，自己接生意，有時三國仔忙不過來，或者擔心我付不出房租，施捨地丟兩件工作進LINE，搭配這樣的泡泡：

「出去曬曬太陽啦，你背後長青苔了。」

今天的工作比較特別，既不用跟蹤也不用調查對方的祖宗十八代和生辰八字，我只按下門鈴，再進去喝杯咖啡。

五瓣花朵般的銅製門鈴，朝中間一撳，叮咚，幾秒鐘後穿格子襯衫、夏威夷短褲的男人出現在門後，他客氣地請我進去。這男人，怎麼說？溫文儒雅？一八〇的身高，眼鏡架在略灰白略捲也略長的頭髮上，很峇里島，可惜不曬太陽。

如委託者史小姐所說，男人真的請我喝咖啡，他問：

「喜歡衣索匹亞的，還是哥倫比亞的？」

三合一的——我說：「衣索匹亞的好了。」

他用小勺子舀出豆子倒進機器，豆子磨成粉，壓進另一個鐵製小勺子內，扭上一口鐵壺，放在爐子上煮。

有人說喝咖啡喝的是情緒，有人說喝的是儀式，對我而言，工作的一部分罷了。

趁男人在客廳角落的咖啡檯忙，趕緊打量這間屋子。不錯，窗明几淨，一整片落地玻璃，透著窗外雨後樹叢的綠。除了咖啡檯和散發北歐氣息的四人座白色皮沙發外，室內幾乎什麼也沒有。

男人將青花瓷杯與瓷盤擱在檯上：

「請，咖啡。」

說著，他按手中的遙控鍵，赫，一大塊螢幕從天花板垂下，接著對面貼滿蒙德里安式格子線條的牆竟向兩邊緩緩打開，裡面是排列整齊的音響、書籍和一個像是非洲原住民藝術品的大面具。

「我愛乾淨，所有東西藏進暗櫃，打掃方便。」

我愛髒亂——我說：「這樣挺好的，機器人吸塵器不會吸到襪子而窒息。」

他瞪我一眼。

「聽莎莎說你是照明設計專家，臥室光線不足，麻煩你幫我看看怎麼調整。」

照明設計？什麼叫作照明設計？試試每盞燈亮不亮？

說著他已朝非洲大面具走去，我得跟上，但咖啡呢？涼了不好，一口喝乾吧。

他沒瞪我，倒是瞪了我才放下的杯子一眼。嗯，他對客人拿咖啡當酒喝的態度，相當有意見。

大面具是扇門，打開後是臥室。

不應該叫臥室，根本只一張床。至少二十坪的室內，空空盪盪，僅擺一張床。目測這張床，躺一個人嫌大，躺兩個人嫌小，而且床上趴著一隻渾身漆黑、找不到半根雜毛的大肥貓，正伸爪子梳理嘴邊的毛，瞧也沒瞧我，閉起眼回到牠的湯姆貓與傑利鼠午覺裡去。

臥室的另一堵牆也能用遙控器打開，圖書館……呃，不，衣櫥，用圖書館才有的一排排鐵櫃掛滿衣服。沒來得及算，但粗估，總有三十套西裝和五十雙鞋子。西裝一套套掛著，鞋子一雙雙擺在層架上。他沒去賣男裝，遺憾。

最裡面是浴室，浴缸設於大窗下，旁邊的馬桶打了蠟似地閃閃發亮。

「如果你要方便，請坐著。」

大男人坐著尿尿——我說：「現在還不急。」

他怎麼又瞪我？

他的要求簡單，希望在臥室床頭配盞燈，能看書。

我四處看看，咳了兩聲提出建議：兩種方法，一是買盞立燈，最好彩色玻璃拼組的 TIFFANY 燈罩配銅燈座，這樣全白的室內可以添些顏色形成焦點；否則在床頭上方的天花板裝軌道燈，繼續維持原來的素雅氣氛也不錯。

他點點頭，引我回到客廳，看來他可能有意思再請我喝一杯咖啡，不過我識相地告辭離去。不是坐不住，而是憋尿很辛苦，咖啡利尿，偏我可能不習慣解皮帶脫褲子坐著尿。

出門打電話，我對委託人史小姐說：

「算了吧，這男人根本不打算在家裡添個女人，把他當情人可以，不能當老公，妳看他睡的那張床就知道。」

手機那頭沒有回應，我得再說點什麼：

「他的衣櫥滿滿的，廚房乾淨到留不下一根女人不小心落下的頭髮……」

沒提老公貓，那種屋子那種床，床上還有頭貓，怎容得下女人？夢想和現實之間，夾了不識相的貓和兩個人不好睡的床——

得找間公共廁所，站著的那種……

1 兔子酒吧之

農曆初三的約會

兔子的酒吧沒有什麼中秋、端午之類的假日，除了農曆新年連續假期和每週日之外，全年無休，但奇怪的是，農曆新年假期之中的大年初三卻照樣開張。大過年的，他嫌待在家裡無聊，跑去店裡浪費水電？而且初一初二休，初四初五也休，偏中間的初三他幹嘛開門做生意？

初三的秘密保守得很緊，即使老主顧也鮮少人知道，我付了很多酒錢後才曉得這個初三開店的秘密。秋秋告訴我的，因為我說自從領不到壓歲錢後，過年變得無聊。她說，去兔子店喝酒呀。

秋秋——最初鼻翼上出現一顆晶亮的鑽石，去年左耳新增一長串不同顏色的珠珠，七彩霓虹燈——往我胸口摸一把：

「想不想知道我哪裡還有珠珠？不過，結婚前提喲。」

我很想說：「算了。」

終究沒說。

只是偶爾思考，如果那裡穿了珠珠，男人會不會受傷？

啊咯，血淋淋的。

某年的年初三，我在前任女朋友牙牙家吃完晚飯，覺得該找點與過年無關的事情做做，便告假去喝酒，牙牙夾在我未來丈母娘、未來丈母娘的娘、未來大姨子之間，摸起一張不甚滿意的二筒，順便用狐疑的眼角看我，但沒說什麼。

那天兔子酒吧果然亮燈，窗戶掛出「營業中」的牌子。推門進去，吧檯前兩張熟面孔，看電視的單身漢老劉出現在這裡不意外。他朝我揮揮酒杯，又回到螢幕上英國合唱團 Moody Blues 八百年前的演唱會影帶，幾個模樣很頹廢的傢伙正唱 The Night in White Satin，白絲緞裡的夜晚。

大過年，聽這有點哀怨的歌，兔子心情不好？

另一個努力在微弱光線下看雜誌的客人，路西，他也朝我點點頭。

莫非和老婆吵架？他結婚一年七個月，七個月花在吵架上，另外三個月到處出差賣他新發明的專利節水器。

角落另有一對男女，沒見過，他們聊得起勁，女人發出咯咯咯的聲音，男人答應送她鑽戒？

既來之，則喝之。過年適合喝什麼酒？

兔子拿瓶高粱倒了一杯送到我面前：「新年快樂。」

「大過年，你開什麼店？」

「過年等著領你們的紅包，酒錢加成，一杯高粱五百。」他冷著臉，剛才給西北風吹僵的？

跟兔子說話，難過。他身高一九三，兩手撐吧檯的檯面，看對面坐在高腳椅縮頭喝酒的客人，加上燈在他頭頂，照的是我臉孔，怎麼都有種在警局接受偵訊的沉重壓力。

不喜歡《白絲緞的夜晚》，歌詞裡說「我寫的情書，沒打算寄出去」。不寄？寫了當春聯？

看看錶，才十點半，出門一個小時就回家，給牙牙知道，一定以為我用喝酒做幌子，存心不想待在她家，那麼接下來我不可能結成婚，也不可能於未來——在結婚十五年之後，充滿無奈地繼續到處找酒吧。

正猶豫，兔子喊：

「打烊了，眾神歸位。」

他存心觸我們霉頭。

只剩三個客人，都發出哀聲，哪有十點半打烊的酒吧，就像哪有下午兩點開門賣中午套餐的餐廳。

被迫，兔子同意延長到十二點，並且講了年初三開店的原因，和那對剛離去的男女有關。

兔子的酒吧幾次面臨倒閉的命運，原因不外乎賴帳的人不少，天天來喝且付現的客人不多，他也覺得搞得日夜顛倒，太累。大約他第四次準備關店改行去賣保險時，那對男女照例又來，坐了很久很久，久到兔子得朝鼻孔抹辣椒油勉強不打瞌睡。將近天亮，女人先哭著離去，男的呆坐十幾分鐘，才一臉木然走到吧檯前付帳，並問兔子，門口貼了張招租啟事是怎麼回事？

「怎麼回事？當然是做不下去，付不出房租。」

兔子老搞這套，貼張招租條子讓老主顧個個心驚膽跳，擔心夜晚無處去，流落街頭。為此我曾經捐過錢，鈔票噹噹噹進他收銀機，怎麼想都覺得他是詐騙集團。

那個男人聽了沒多說話，第二天他不到六點即來報到。

「他是做期貨的炒手，賺了不少錢，求我不要把店收掉，願意預付未來的酒錢，換算後，大約我十一個月的房租錢。」

兔子把酒由高粱換成十八年蘇格蘭威士忌，給我們每人斟上一杯。

「虧他，你們福大命大喝到今天，否則……哼，去 7-eleven 喝。」

我們該給這位大哥申請年度國寶獎。

原來那對男女因為某種原因不能在一起，可是這家酒吧是他與那女人認識、定情，加上分手的地方，太有紀念意義，不願意見它消失——

「天底下有這種人嗎？」我打岔：「酒吧多的是，再找一家不就成了。要是我，不是得買下半個台北的酒吧紀念青春？」

「人家不像你，」兔子從聖母峰頂盯住蹲在吐魯番窪地的我：「你，冷血無情。」

「他們到底為什麼分手？」我不能忍受從此王子與公主天南地北過著痛苦不堪

日子之類的莫名其妙結局。

「隱私。」兔子瞪我。

「說說吧，保證不貼臉書，不密告蘋果日報。」路西幫腔。

既沒人得絕症，也沒父母猛然想起二十多年前早和朋友談妥的門當戶對、指腹為婚對象。據兔子的說法，女人覺得男人是個好朋友、好伴侶，卻不是好丈夫。

「他性無能？」我說。

兔子再瞪我，連老劉也瞪我。

兩人個性相似，都愛面子、工作狂，要是住同一個屋簷下，恐怕，一嘛，見不上面，二嘛，見面三句話便抬槓。女人認為，不如做朋友。

「藉口，這種話我聽多了，說穿了，她另有新歡。」我再下評語。

他們三人這回聯合起來瞪我。

從此之後，他們忙工作，飛遍世界每個角落，只有過年一定留在台北，約定年初三在兔子這裡見面，不得爽約。兔子欠男人的情——我指正他，兔子欠男人預付的酒錢——這是酒吧年初三營業的原由。

「他們看起來老大不小，乾脆結婚，立個婚前協議書，婚後比照牛郎織女，一年同房一次。」

女人三年前嫁了。有個一歲半的兒子，皮得要命，既忙工作還得忙家庭，因而約定年初三，年年準時來酒吧和前男友見面。

「算不算婚外情？」

「不算，」兔子給他自己的杯子斟滿酒，沒看見我們的空杯子。「他們是真正的好朋友。」

我們對空酒杯沉思好一陣子，在肚皮裡反芻兔子說的故事。沒反芻完，兔子又嚷著要打烊。我問他，到底當初那男人捐多少錢？酒吧每年初三開門營業，得做多久才還得清？兔子敲敲計算機，拉開後面電池蓋子，確定有電，闔起電池蓋，再敲，「估計得到二〇五〇年。」

太棒了，我牙全掉光的時候，年初三晚上掛尿袋、駕輪椅摸出家門來給點滴瓶內加點酒精。

這回真打烊，兔子熄了招牌的燈說：

「一人五百。威士忌算過年我請客，那杯高粱，得付錢，要不然牛郎織女明年就找不到鵲橋。」

兔子用不仁不義的大帽子要脅我們，找出一張舊舊黃黃的紙往大門旁的玻璃窗上貼。

「喂，兔子，別又搞招租啟事那套騙我們的血汗錢，付小朋友紅包已經夠內傷的了。」

不是招租啟事，是「大家發財，小店初六起恢復營業，歡迎舊雨新知光臨，免費紅豆年糕伺候」。

回家唄！走在路上酒精慢慢蒸發，我腦中一閃，他們是真正的好朋友？屁！那男人迄今單身，證明至少他不想當好朋友，說不定每年初三回到家，抱整罈馬祖老酒灌醉自己，後悔、懊惱、傷心、痛苦，怨恨自己當年為什麼輕易放那女人走。

牙牙傳來簡訊，問我有沒有酒後駕車？我把兔子說的故事再講一遍，順便問她：

「男女之間是不是做朋友比較好，才會思念，才會永懷不忘，才不會離婚？」

她好一陣子沒講話，我提醒她，不講話也要付電話費，別便宜電信公司。

總算，她開口了。她說：

「你這個騙子。」

她罵兔子是騙子，或罵我是騙子？

男女間能成為一生一世的朋友？

做朋友比做夫妻好？

暫時擱下以上問題。這是我們認定兔子酒吧的原因，起碼他懂得做生意的道理，該還的債一定還。

關於某些逃不掉的規律與範圍

每種事情都有其規律和範圍，像刮鬍子，當初老爸教的，他說：「從上往下，下巴部分則由下往上。」這是刮鬍子的規律。

老爸還說：「每天早上刮，出國在外能不刮就不要刮，外面髒，萬一刮破個口子，容易招細菌。」這就是範圍。

至於為何堅持規律和範圍？我爸有另一番話：

「記得，把我這套刮鬍子的方法教給你兒子。」

祖傳的，沒得討論。

老爸說這話的時候，表情嚴肅，拍拍我肩膀才退出去，留我一人面對浴室的鏡子，開始刮我人生第一趟的鬍子。

幾歲？十六？握緊刮鬍刀看著鏡子內塗滿泡沫的自己，想到我以後會有兒子嗎？如果是女兒，我又該教她什麼？刮腿毛？不管跟誰生的女兒，見到老爸教她這件事都會噁吧？

再如睡覺，一般人睡前有必須執行的規律，刷牙，尿尿，換睡衣褲。躺上床後，選擇想哪個女人、選擇和她做愛的姿勢，自然而然進入夢鄉，千萬不能想工作，鐵睡不好。這是睡覺的範圍。

十八歲那年老媽離開我，最初試圖隱瞞，直到去戶政事務所辦手續前，老媽約我去巷口的咖啡館，她一直低頭，左手捏右手、右手捏左手，是我開的口：

「你們要離婚對不對？」

從未這麼仔細看過她，眼皮下有幾條細紋，左眼三條，右眼四條，頭髮裡十多根忽隱忽現的白髮。她穿最喜歡的鵝黃色細肩帶上衣，領口鑲了圈白色的邊。

自始至終她盯著擺在桌面的兩隻手，講了很多很多話，多到我徹底放棄記憶。

然後，她先起身離開。

不知道什麼原因，我沒讓她走，兩手從後面緊緊抱住她。可能十歲以後我就沒抱過這個最親密的女人。很瘦，身上有股熟悉的香味。日後我試圖在其他女人身上尋找這個味道，從沒找到過。

有關她離開我爸的原因，最重要的是她有了男朋友，不過我想到的卻是我爸每晚喝牛奶的事。我爸的規律，每晚十點半上床，十點十五分替自己熱杯牛奶。我在書房，只要聽到瓦斯爐點火的噠噠聲，便知道十點十五分了。

喝完牛奶，老爸究竟先刷牙或先尿尿，不清楚，但那一刻起，家裡不能有聲音，我不敢挪動屁股下面的椅子，必須抬起半個屁股，兩手舉起椅子，向後移動半步，放下椅子，才能離開書桌。

牛奶與瓦斯是老爸的規律。我像移動祖先牌位地搬動椅子，意味這個家是以他為軸心的生活範圍。

從結婚第三年起，老媽說，十點十分，她先坐在門檻，抽根菸看黑夜裡的院子，等瓦斯聲、廚房的關燈聲、進臥房的拖鞋聲。十點三十五分，她撳熄第二根香菸，關大門、洗熱牛奶的小鍋和杯子、把電視關到靜音、看日劇韓劇到十二點，推我房門看我睡了沒，她才結束睡前的規律。

她的範圍是我爸睡前的牛奶。

當我在咖啡館從後面抱住我媽時，感覺到她身體內微微的顫抖。

她抓住胸前我的手，指甲掐進我的手背。

後來我見過她的男朋友，比爸矮，比爸禿，比爸醜。當我和媽說話時，他從不開口，加茶水加咖啡外，只一個勁地笑著聽。他們住在國宅內沒有院子的第七層樓小公寓內，屋內節儉到幾乎沒有一件與生活無關的用品，窗前有盆每次不同的花，面對屋外晴朗、陰沈或落著小雨的天空。

有一次我問她，現在還會不會每晚睡前在門口抽菸？她沒回答，重重捶了我二頭肌。

沒再抱過她，大概有那個男人在旁邊吧，但她會親我的額頭。

我已經比她高很多，服從地彎腰低頭讓她親。

至於我爸，即使火星人登陸地球，也不可能改變他的規律和範圍，偶爾我在家，他會問我要不要牛奶，而我在家的時間愈來愈短。

逸出火星軌道的衛星。

回家洗澡補眠，將近傍晚趕去兔子的店拿車，他夠意思，昨晚打烊時把我的車子牽進店裡。

每天下午四點他進店，先開咖啡機、製冰機，接著拖地、抹桌面，再將拿破崙放進來。這天他的規律有些改變，得先把我的摩托車牽出店。

他正用餛飩皮包紅豆年糕，見到我，煎了四小塊金黃的年糕，灑上糖粉，推到我面前，他說：「她叫葉子，樹葉的葉。」

倒了一碗牛奶送到拿破崙毛嘴前，拿著鮮奶紙盒問我：「要不要牛奶？」

我當然沒問關於葉子其他的事，沒要牛奶，其實從我媽離開的那天起，沒再喝過牛奶。

騎車轉進新生南路，經過台大，經過溫州街我爸和我的家，一直到長春路口，小咪在路邊等我，她跨上我的車，戴好安全帽，繼續一路往北。我們往常必到士林夜市吃晚飯，可能到天母逛逛，戀愛久了之後培養出的規律。最後送她回北投的家，她的範圍。

天冷時她兩手插進我外套的口袋，天熱時她倚在我頸邊，說她這一天發生的事。天熱時停在紅綠燈前，我摸摸她伸在我大腿旁的小腿，天冷時我要求她緊緊貼住我的背，讓她的乳房溫暖我隨時間日益蒼老的靈魂。

戀愛到某種階段，自動進入某種規律。範圍則限制於我和她兩人，直到我在兔子那兒喝太多酒，吃了太老的荷包蛋，還把牛油攪進稀飯。

靠，牛油拌稀飯的確充滿某種不確定的滿足感，但油得有點那個……

2 兔子酒吧之

愛上黑絲襪

喝酒的人都有很個人的規律，非常極端，各自守住他們的範圍。

日本友人砂糖先生在札幌的小酒館內微醺地對我說：

「吃拉麵該喝燒酒，不是米酒。至於米酒，男人該喝本釀造，大吟釀是女人喝的。」

差點給大吟釀嗆到。

無所謂。

台北的比利，毛病比他更多，比利口中的規律是：

「喝酒是交換心靈的時間，該喝威士忌，喝什麼葡萄酒，娘炮。」

想到希臘神話《奧迪賽》與《伊里亞德》裡那群裸著半截身子攻打特洛伊的史詩英雄，不個個大口葡萄酒、大口吃半生的肉？

比利仍然堅持：「希臘娘炮。」

沒回嘴。

倒是老喬事後聽說，不齒地教訓比利一頓，他說：

「葡萄酒適合戀愛中的人喝，培養性情，威士忌倒是適合沒愛可戀的可憐蟲，喝多了對馬桶掏空心情。」

北京的小李在涮羊肉店裡則用《封神演義》哼哈二將鄭倫與陳奇鼻、嘴發出的聲音嘲弄地說：

「喝什麼威士忌，兌冰兌水的，要喝就喝二鍋頭，十塊錢一瓶，燒到你大腸小腸十二指腸，渾身舒坦。」

我依然沒反對意見，因為想起好萊塢電影的〇〇七龐德老兄，他，不老耍帥對酒保說：「馬丁尼，shake not stir。」為此我真去喝了馬丁尼，無論搖或攪，一股以前阿媽治百病的白花油味。以為裡面那棵橄欖是水果，吃進嘴恍然大悟，還是藥，好大一枚藥丸。

當不了〇〇七。

「屁話，」小劉說：「拿酒當精神病藥水呀，我看你們喝得快起肖。酒沒什麼理論，看球賽喝啤酒，找女孩吃晚飯喝葡萄酒，陪老爸聽他講『想當年』自然配茅台、高粱，大冷天沒別的話，弄瓶溫熱的日本Sake。你我老朋友見面，除了威士忌，無第二選擇。萬一待在家跟老婆兩人看電視，弄點從冰庫剛拿出來的伏特加，透心涼，沒火氣，不吵架。」

這不又是一串自以為是的規律？

兔子一句話沒吭，他依照我們的要求，坐在吧檯後新增的帶輪子高腳椅內，無論拿酒拿杯，用滑的，這樣，一九三公分不至於對我們造成太大的壓力。

剛九點，兔子站起來向門口揮手：

「好久不見。」

說著，他從冰箱拿出一瓶我們喝過卻不再喝的矮胖比利時啤酒，酒精度將近百分之十五。

啤酒倒進冰鎮過的杯子內，黃澄澄的液體上飄浮一層厚厚泡沫。

小劉不在，比利不在，連大呆也不在，我將視線從大聯盟轉到一旁，穿黑色緊身連身裙的女人對兔子舉起杯子：

「夏天，還是不肯剪？」

兔子得意地用右手揮開脖子旁的長髮：

「夏天，妳還是看不順眼我的腦袋？」

兔子從退伍之後沒再剪過頭髮，用句他的話：

「懶得剪，有空修修而已。」

於是他的長髮經常綁成馬尾，偶爾捲到後腦勺拿枚大夾子夾住，歐巴桑似的。

一九三的男人，不適合留長髮。

一九三的男人，基本上除了打籃球，怎樣都讓人看不順眼。

然後我明白兔子過去說的一句話：

「當心黑絲襪！」

她的黑連身裙掛在肩頭兩條細帶子下，應該緊身，穿在她身上卻不顯得緊，一點內衣的印子也沒，換句話說，沒胸罩，裡面頂多丁字褲？

不，裙下有黑絲襪。

兔子的話，我瞭。

作為酒保，首先必須無私，當兔子看到我紅通通的眼珠子，抹布伸到我面前晃了晃，極勉強地介紹：

「這位是葉子，樹葉的葉。這傢伙，呆子，呆子，呆到斃的呆。」

「阿呆，敬你。」女人拿她的杯子碰我的杯子。

我和她沒說幾句話。

陸續進來許多客人，有的認識葉子，全部認識兔子。人多使得氣溫上升，偏兔子店裡的冷氣最近老出狀況。到十點多，兔子不得不打開門透點風。

其他人怎樣我不知道，可是我注意到，葉子和周邊的人談笑時，輪流用兩隻手伸進裙內，不知不覺間捲下兩隻絲襪，悄悄塞進她的香奈兒包內。

有黑絲襪的腿和沒黑絲襪的腿，仍是規律與範圍的問題，如果她一開始沒穿黑絲襪，和她穿了黑絲襪再脫掉黑絲襪，是完全不同的感受。其範圍，像石子扔進池塘般，震出的漣漪如核爆的地震波，一波一波擴及任何視線內的男人卑微性慾。

露在裙下的腿，白到耀眼的地步，裹在黑高跟鞋內的其中一隻，隨著鞋跟掛在高腳椅下方圓形鐵架，顯出小腿的線條。

「喂，阿呆，別老盯我的腿看，說說你自己吧。」

可能那個時候，我說出公司和家的位置，特別提到我爸的家與我如今在外面租的家。這樣子，勢必得解釋為什麼我和我爸不住在同一個家，再延伸，得說明我媽呢？再費盡氣力分析我對我媽、我爸不同的感情。

喝酒之後，講那麼多話，不累；要是沒喝，太累。這是酒的規律與範圍。浸沉於酒精的亢奮效果裡，很多事情變得不那麼累。

她專注聽我說話，一再對兔子說：

「為你媽，該喝一杯。兔子，啤酒。」

本來我喝台啤，不知怎麼喝起她的比利時啤酒，情況漸趨複雜，周圍的酒客退得愈來愈遠，兔子成為灰暗的影子，聚光燈打在葉子認真的臉龐，我用力找過，沒一顆斑點的白，如同她的腿。

完全沒想過小咪。

接著我在粉紅色的天花板與白色的吊扇底下醒來。

酒吧內喝酒，喝心情、喝友情、喝感情，不喝目前女友或老婆的牽掛，這是規律；酒吧內喝酒，對準能說說話的黑絲襪，這是範圍。

有時必得對酒保兔子喝悶酒，算……窮極無聊。

關於兔子和拿破崙，還有小好

牠本來叫嘰嘰，是隻說不出品種和血源的雜毛貓，牠的雜，相當複雜。拿眼睛來說，有誰見過右眼綠、左眼褐的貓？而且右眼周圍黑毛夾雜灰毛，再夾雜土黃毛，下午四點的陽光底下，每種顏色泛出不同的光芒，讓人想給牠戴上墨鏡，免得眼花。

牠是小好從路邊撿來的，一窩五、六隻連眼睛都還沒張開的小貓在她爸汽車底下喵喵叫。那天她當沒看見，但第二天早上只剩下一隻偎在後輪胎發抖，不能再看不到了。

小好叫牠嘰嘰，和叫聲有關，不是喵喵，是嘰嘰。

嘰嘰三歲時，兔子進入小好的世界。嘰嘰進入貓的壯年期，有客人來的時候，牠總刻意抬頭挺胸，如同閱兵分列式般，從小好平常看書的角窗跳下，傲慢地穿過沙發與電視中間的地毯，擺出這個家是牠地盤的姿態，暗示明示兔子別喧賓奪主，所以兔子喚牠「拿破崙」。

出事那天牠沒閱兵，躲進角落的紙箱發出咳咳咳的聲音，小妤和兔子則各擁一張沙發，她看雜誌，兔子拿手機算酒吧這個月的帳。見他手指在那裡畫來畫去，小妤不由自主地煩躁，不對了，什麼都不對了。

大部分日子你會包容那些不對，有些日子你無法。

先是上個月兔子幾乎天天待在店裡，幾乎沒休假，這個星期兔子不僅得顧店，一有空還往父母家跑，聽說奶奶有失智的現象。

第一次發生時全家人等到半夜仍不見奶奶回來，兔媽急 call 兔子，所有人分頭找，最後警察來電話通知，奶奶買完菜坐公車去年輕時住的舊家，她回到過去，站在門口一直按電鈴，屋主只好報警。

小妤想去幫忙，可是兔子家有兔爸、兔媽、三個兔姐，外加一個兔姑，身高沒有低於一七〇的。小妤去吃過一次飯，呼吸不到新鮮空氣。

見兔子忙店忙家，回來說不上兩句話已經發出鼾聲，小妤固然心疼，卻仍覺得，不對了。

小好不喝酒，不能聞菸味。兔子每次提到她，必定不自覺挺直腰，眼神盯在遠方：

「她是個純淨的好女人。」

不能把奶奶拴在家裡，再說這麼多年都由奶奶買菜，不管媽媽、姑媽、姐姐怎麼搶菜籃，奶奶絕不退縮。大家輪班陪奶奶買菜，但仍有疏忽的時候，這時兔子的手機便響。

剛倒在床上，兔子又得出去找奶奶。

終於，小好冷冷地開口：「今天不回去找奶奶？」

「哦，今天沒事，倒是明天陪她上醫院，不能過來妳這裡。」

「那你乾脆現在回去，明天後天都不必來。」

他終於抬起眼，看了她好久才說：

「回去囉？」

「請便。」

兔子站起身，人僵在幾乎頂到頭的水晶燈下。小妤低頭看雜誌，每根神經緊繃得她不能不一直翻頁。她知道，萬一兔子真出門，兩人大概不得不宣告劇終。

兔子沒搭腔，是不是也想到這點？

空氣突然變得稀薄，小妤想衝到飯桌邊打開陽台門好好吸口濕濕黏黏的空氣，但她不敢動。

有聲音，兔子收起帳本走進廁所。男人尿尿都非得製造出噪音嗎？他們為什麼不能像女人一樣坐著尿，老弄得馬桶座滴滴答答讓女人收拾？傳出水龍頭的水聲，他八成又對著面盆擤鼻涕，咳什麼嗽——

不，咳嗽的是嘰嘰。

廁所門打開，關了燈，他走回客廳的茶几旁，抓起手機再收起手機。

TI-TA-TI-TA，穿拖鞋有必要用拖的？不怕吵了樓下？

他進臥房去幹什麼？收拾衣服？

「你看到我那件深藍色帽T沒？」

「衣櫥裡。」

聽到開關衣櫥門 PIN-PON-KA-TA，男人到哪裡都能搞出吵死人的聲音。其實最近小妤有時倒挺懷念以前一個人的日子。該叫他把鑰匙留下，請他順便將臭死人的幾雙球鞋帶走，還有……才幾個月，沒想到男人留在她住處的東西真不少。

嘰嘰仍悶咳，兔子出來問：

「妳寶貝貓是不是感冒？」

小妤抬起頭，眼角裡的男人怎麼已經換好睡衣，他不回去了？

忽然小妤衝動地跑去角落抱起嘰嘰，撫摸牠背上厚厚的毛，「可憐的嘰嘰。」

兔子走來也蹲下伸手摸摸貓，嘰嘰咳得更凶，哇，一口吐出好大坨毛球。

「吐毛球，嚇我一跳。」

正說著，嘰嘰已跳出她的手，又擺出拿破崙的姿勢，豎直尾巴朝窗台踱去。

小妤嫁到美國去，不對的事情很難變成對的。據說高的人，血液流到腦部的速度較慢，兔子明明愛小妤，卻想不出留她的理由。

「你到底跟她說過我愛妳之類的話沒有？」我質問他。

「沒有。」

「那她怎麼知道你愛她？」我踹他。

「應該知道，這種事不需要明講。」

「就算她知道，你也該講。」我吐他口水。

「你對小咪說過？」

「三餐飯後加睡前，每天說四次。」我打趴他。

臨走前，小妤把嘰嘰託付給兔子，兔子便養了貓，從此嘰嘰正式更名為「拿破崙」。兔子的理由：

「如果名字取得不響亮，你們這群鬼一定叫牠兔貓、酒貓、屁貓，乾脆叫拿破崙，你們不會忘記。」

未成年者不得進入酒吧，貓狗不在此限，拿破崙在酒吧間成熟、茁壯，牠是固定資產，成天趴在兔子身後的酒櫃上睡覺，醒來時，輕巧跳下，把全身的毛抖得能讓方圓三公里內的人過敏打噴嚏，這才昂起頭，穿過各式鞋子與酒瓶，到門外與附近的流浪貓聊天。

小咪和小妤是高中同學，女人愛開睡衣趴，穿透明白紗僅蓋到大腿根部的小妤對穿王建民上半截球衣的小咪說，她永遠忘不了兔子站著抱她做愛的感覺。

小咪用些許哀怨的眼神看我：

「站著抱她，怎麼做愛？」

終於有天我問了兔子，他只說：

「其實我的腰不好。」

想像高瘦的兔子，抱起嬌小的小妤，小妤兩手環在兔子腦後，臉貼著兔子剛刮過鬍子的臉頰。兔子甘蔗似的手捧住兩條細腿，用人生最大的興奮向小妤表達愛意。

「後來你沒再抱她做愛了對不對？」我酸他。

「酒吧搞到快天亮，怎麼做？」

「早上做、下午做，你找到機會就做。」我不齒他。

「我睡到下午，她上班去了。」

「做愛是愛情的一部分，追到她公司廁所去做。白癡。」我唾棄他。

「你不懂，你整個神經系統只想做愛。有時沒辦法做就是沒辦法做。」

「看醫生去啦。」我喝酒了。

「我們之間像沙灘上握住一捧沙，沙從指縫流走，最後剩手掌心的一小撮。」

他看著牆上的約翰．藍儂海報：「她去美國前來過酒吧，下午四點十分，剛開店，沒客人，她要我調杯強烈的，我調了五月花，很多烈酒摻在一起，她一口喝乾說，兔子，你是個好男人。」

「沒臨別一炮？沒 kiss and say goodbye？」

兔子把杯啤酒重重摜在我面前：

「別他媽的窮囉唆，你呢？她叫葉子，你有個馬子叫小咪！」

關於我媽的婚禮

我退伍那年，媽和她男朋友結婚。儀式簡單，法院公證後，兩家親友聚了五桌吃飯。男方來的多是親戚，女方則多是朋友、同學。外公不肯參加，他始終認定在大學教書的前女婿高帥又有學問，小公務員怎能相比。我退伍第二個星期奉老媽的命，提水果提老媽燉的蓮藕排骨湯看兩老，外公對我罵了半小時，外婆沒說半句，從杏仁豆腐到水果，侍候我吃了好幾公斤的糧食。

代表女方親人的是她兒子。

我坐在主桌，新娘子的手不時牢牢抓住我的手，聽到她輕聲自言自語：

「給我勇氣，勇氣。」

原來對女人而言，結婚需要的不僅愛情，更要勇氣。

退伍後當然住家裡，我爸的家。參加婚禮那天下午，他沒課，難得走出書房，他說我們父子聊聊。他要在客廳聊，我故意坐到門口，像當年媽一樣，拿根菸對院子噴。

「我不知道你抽菸。」

「偶爾。」

「抽菸對身體不好。」

「知道。」

我點菸，他捧著茶杯試圖在門口與院子間找到適當的位置。

「你媽今天結婚……你會去？」

「會。」

「見過那個男的？」

「見過。」

「人怎麼樣？」

「還可以。」

「你知道你媽離開這個家的時候，沒向我要錢。」

「知道。」

「她把家用的存摺和提款卡放進信封，擺在廚房桌上。」

「不知道。」

「快五十歲的女人，再嫁，不容易。」

他喝茶，喝了又喝。

「一直沒機會問，對我和你媽離婚的事，你沒意見？」

「沒。」

「你，長大了。」

我沒回答，他沒再問。

他先回屋內，我撳熄菸，本來想再點一根，沒點。

隔了好久，他忽然拎一套西裝出來。

「我和你媽結婚特地做的西裝，沒穿幾次，新的一樣，連這條領帶，給你。」

說完，他再把自己關進書房。

關門的瞬間，我聞到裡面傳出書的刺鼻潮味。

換上老爸的西裝，有點大，不過仍算合身。打上古早時代條紋式的領帶，我對著鏡子彷彿見到老爸年輕的模樣。

他的西裝代表他參加老媽的婚禮？

老媽看出來，她眼眶有點紅，拉拉我西裝下襬。

「穿起來挺好看的，像個男人。」

除了輪番敬新郎新娘的酒，老媽的同學、同事輪流過來抱我。顧阿姨先開始，她一向神經兮兮，抱著我不放。後面的王阿姨跟著抱，老吳叔叔在我面前猶豫一下，抱得我快斷氣。

事後我在兔子店裡想過，如果我結婚，長輩們會不會抱我？不會。他們客氣地上來敬酒而已。我媽的婚禮，他們卻抱我，為什麼？他們打破了規律和範圍，表達出對我參加婚禮的同情？肯定？

那晚，和其他婚宴不同，沒人鬧酒，全靜靜坐著等下一道菜。我幾乎沒喝什麼酒，沒心情，再說老媽一直緊抓我的手，連送客我也站在新娘旁邊，像花僮。

她近乎自言自語：

「以前你看我和你爸的結婚照片，老問你在哪，這回你總算在照片中了。」

我摟緊她讓新郎幫我們拍照，我沒親新娘，新娘親我。

新郎跟餐廳結帳，我陪老媽在外面抽菸，我問她和這個禿頭之間有沒有什麼類似老爸十點半熱牛奶的規律？

她的頭倚在我肩膀：

「他活了快五十年，怎麼會沒有規律，不過我在裡頭，像他爬山，非拉我去，你曉得你媽從不運動，現在陪他爬山。他愛吃苦瓜，我只好吃。算算，他遷就我的比較多。陪我回家幾次，你外公就是不跟他講話，他坐著看電視，像傢俱，從來不抱怨。」

我終於問了：「你們做愛吧？」

她捶我胸口。

「小鬼，這是做子女唯一不能問爸媽的事。還好，我們這歲數，和年輕時候不一樣，我喜歡他做完跟我聊天，你爸——他側過身呼呼大睡。」

我聽懂一些，聽不懂另一些，爸的規律與範圍是以自己為圓心，旋轉旋轉，一不小心，把媽甩出去。

忽然想到兔子和小妤，他可以挺腰抱小妤做愛，做完想必更累得呼呼大睡。站姿有礙身心。

我沒隨他們回家喝茶，一個人慢慢從餐廳沿仁愛路轉新生南路踱回家。老爸正在熱牛奶，他難得擱下牛奶到門口迎接我。

「這套西裝穿在你身上，有樣子，褲子太鬆，送去巷口小裁縫店改改，等你結婚那天穿。」

他沒問婚禮的情形，沒問老媽怎麼樣，他甚至不知道巷口改衣服的林媽媽早搬去林口伺候孫子。他轉頭繼續熱牛奶。

我看過牆上的鐘，十一點十三分。爸打破了規律。

小貓・還沒睜開眼，未命名

隨著陳小姐上山，她是山下房屋仲介公司的銷售員，穿一襲淡紫色套裝，熱得猛拿手帕擦汗。

「這裡交通不方便，除非自己有車，否則像坐牢。大家不都說好山好水好無聊，你怎麼從台北跑來這裡找房子？」

「不怕無聊，怕無山無水。」

她回了幾聲乾笑。

其實我不是來找房子，受澳洲一個客戶的委託，找她三歲大的兒子而已，不過按照地址到了山腰那處社區卻被警衛攔住，沒有住戶的同意，我進不去。

難不倒我，上百戶的社區起碼一半是空屋，上網查查，找家今天能帶我看房的仲介。

警衛見到陳小姐只揮了揮手，看也沒看我。順利走進山莊，警衛室之後是一段坡度不大的山路，兩邊種滿裝飾用的竹子，一隻還沒睜開眼的小貓躺在水溝旁吱吱吱直叫。我想上前抱起小貓，陳小姐拉住我。

「牠媽一定在附近。」

果然林子內傳來嗚嗚嗚的聲音，母貓探頭出來，朝我們繼續嗚了幾聲，叼起小貓消失在竹子後面。

社區內包括獨棟的別墅、七層高的公寓，好幾間別墅的外牆磁磚佈滿暗黑水漬痕跡與青苔，長久沒人住，窗台附近因滲水而生了壁癌。

「房子不很理想喔，」陳小姐拿手帕當扇子揮呀揮：「價格才這麼便宜，你可以把錢花在重新整修上。」

她先離去，我藉口再看看社區環境留下。

應該是第二棟公寓的三樓，兜了幾圈找到，原來這樓建在山坡，所以一、二樓其實在大廳下面，三樓則才是一樓，種了花草的小院子裡，男孩騎輔助輪的小車子，口中發出叭叭叭的喇叭聲。

「Andrew。」我喊。

男孩停下車害怕地看我，忽然扁著嘴角甩了車哭著奔進屋。紗門重重拉開，綁著花頭巾的老太太一手抱男孩一手握掃帚衝出來，她朝我吼：

「滾出去，誰也別想把 Andrew 帶走。」

澳洲委託人 Jenny 請她台北的父親找上我，她丈夫兩年前過世，痛苦可想而知，還得照顧孩子，便飛澳洲姐姐家休養，意外找到工作，乾脆落腳定居。半年前前夫的母親去澳洲看她，說帶孫子回台北玩幾天再交給 Jenny 的父母。Jenny 想讓 Andrew 回去見親人學學中文，不覺得有什麼不妥。沒想到孩子跟著奶奶上飛機後再也沒消息。

不難找，敲敲鍵盤撥幾個電話，這位奶奶顯然個性剛強果決，扔下台北的房子隱姓埋名搬到偏僻的新北市山區。

男孩進屋，可能擔心驚動鄰居也不好收拾，老太太壓抑下情緒用顫抖的聲音說：

「我先生走了十二年。」

知道。我默唸，致命的白血球症。

「我兒子兩年多前走的。」

知道，也是白血球症。

「他是我的獨子。」老太太尖起嗓子說。

知道，兒子是生命與希望。

「她不能把我的孫子奪走。」

知道，老太太唯一的孫子也是我客戶Jenny唯一的兒子。

我想跟小Andrew合照，寄到澳洲換調查費，老太太一掃帚打得我手機幾乎掉進地下層的水溝。

通知律師和Jenny的父母之後，我在社區內等候他們到來。閒逛著，又見那隻沒睜開眼跌跌撞撞的小貓，不知怎地跌進水溝。我蹲在水溝前看牠，心想，要不要幫貓媽媽把牠撿進竹林裡？算了，少多管閒事，說不定惹得老母貓咬我。

警衛室傳來車聲，警車與黑頭轎車駛過身旁。逛回老奶奶家，黑頭轎車內走出Andrew的外公外婆，外婆大聲喊：

「Andrew、Andrew？」

跟著外公也喊：

「Andrew！」

屋內的窗簾動了動，沒人回應。

年輕制服警察下車，嘆口氣上前敲門，照樣沒人回應。

我想像老奶奶在屋內抱著嚇得哭不出聲的小Andrew。

看來我做了件不怎麼聰明的事。

沒看結局，下山時水溝的小貓不見蹤影，大概被貓媽媽啣走，也有可能被貓奶奶啣走？

想通，有那麼多人愛，小Andrew終究幸福。

苦了奶奶。

3

兔子酒吧之

酒杯裡的長篇小說

和男人一起喝酒，叫情趣甲，先得有情，湊在一起喝兩杯，趣味性高於酒精度，然後回到家兩腿一攤，睡覺。

和女人一起喝酒，則是情趣乙，因為最初的成分是趣味，希望能在空氣中的酒精味裡擦出火花，進而發展出一點點情，然後，還是回到家兩腿一攤，睡覺。

人生的意義在過程而非結果，因此無論情趣甲或乙，最終雖都是，睡覺，不同的是過程罷了。和男人，喝完就喝完，清早起床上廁所，一泡尿全部了結，把昨晚扔進時光隧道的垃圾筒內，不回收。和女人，喝著喝著累積出感情，當然，有可能累積出仇恨，更嚴重的，回收將是個大問題——我的意思是，若是其中一人想回收，另一人卻想跳進垃圾焚化爐……的話。

喜歡和女人喝酒，在兔子酒吧裡認識的第一個女人 CoCo，冬天，她穿得很酷，短大衣短裙配及膝的長統靴，男人式的短髮，右邊推光，上面那撮染成金黃，左耳掛七〇年代大圓圈耳環，右耳一排七顆銀光小環。她目光銳利、臉色沉重，開口大方：

「兔子，愛爾蘭的，整瓶。」

小乖偷眼瞄她，莫理紅斜眼掃來掃去，大呆用力擤鼻涕，兔子以他一九三公分的身高，重力加速度按住我的肩膀：

「好好給慫北坐著。」

總之我酒喝多，兔子不能不讓上廁所。挪動酒杯移到她旁邊，她沒拒絕，卻說沒有講話的興致，請我盡量自己講，當聽眾。她引用美國小說家勞倫斯．卜洛克筆下著名偵探馬修講的名言，說：

「我叫 CoCo，今晚，我只聽不講。」

講呀講，拿她當空心樹幹，我對樹幹上一個洞口拼命講，在離去時用泥土糊住，封住所有的秘密。

沒來得及封，她說她得走了，有緣自然再見。

接下來我懊悔三天，酒後嘴滑，沒事對她講什麼父母問題、全球氣候暖化，我有病嗎？

兔子抹吧台，抹到我面前：

「你不是第一個拿酒吧當心理診所的客人，診所收現金，今晚不接受掛帳。」

懊悔這種東西不會使人反省、改變，它讓人繼續重複再懊悔。我遇到她，又是我講，講得我的頭幾乎鑽進樹幹的洞裡。

這種事發生四次，慢慢覺得挺不錯，對陌生人說出內心秘密，舒暢、痛快的感覺，何況不論講什麼，最後一傢伙把過錯推到酒精頭上，它不能抗議，不能去法院告我嫁禍，頂多加收我幾十元的酒錢，說，酒漲價了。

到第五次，她搖手要我別開口，她說：

「我叫CoCo，今晚，我講你聽。」

每個人的故事都可以寫成上百萬字的長篇小說，幸好人容易遺忘，包括刻意的與無意的，於是人生的記憶變成一段段的，濃縮成散文。

這是她的理論，她說她的第一個男人早已濃縮成最後一幕的，他站在她家門口低頭說，我對不起妳。

「你看，交往三年，只剩下一句『我對不起妳』，那三年就這麼沒價值？」好問題，以前我怎麼沒想過一加一有等於〇的時候。

兔子假裝看大聯盟，耳朵豎得像兔子一樣。

她講第二個男人，開始時不錯，兩人難捨難分，不過她覺得不太對勁，先前的經驗使她主動先提議分手，免得受到傷害太深，於是所有的濃情蜜意退回原點，兩人於公司見面時：「哈囉，早呀。」

「妳害怕。」我說。

「害怕怎樣，乖乖聽，不准插嘴，當心我扁你。」

女人也得上廁所。酒保兔子好心倒杯「忘情水」給我，用一大堆高酒精度飲料摻在一起喝得能讓人喉嚨冒火的調酒。他冷冷地說：

「酒吧有個好處，寂寞的人找到喘氣的機會，可是，別以為因為這樣，寂寞的人和寂寞的人聚在一起會不寂寞，他媽的，可能更寂寞。寂寞是種傳染病，尚無根治的處方。」

她突然消失，像酒吧裡的感情一樣，一旦把酒精燒光，人恢復清醒後痛恨的正是酒精。

幾年後一架飛往歐洲的飛機上，她先看到我，主動和我隔壁的鄰居換位子，接下來十幾小時我們窩在狹小的座位裡，聊到我老媽的婚禮，聊到她的小女兒，聊到酒吧，而空中小姐適時送來兩杯酒——

兔子問我什麼酒？沒有記憶，可能白葡萄酒，它的香味能稍稍化解密閉空間內的口腔異味。

「飛機上的爛酒。」兔子下評語。

燈熄了，酒精發揮作用，我們分別睡著，醒來時已沒有陌生的尷尬，像老朋友一樣繼續聊。直到下飛機揮手道別，我們連手機相互搖也沒搖一下。

我想告訴她，其實她認為一加一等於〇是錯的，在過程之中一定留下東西，只是我們當時不想搞清留下的是什麼罷了。

也想告訴她，記憶的確會由長篇小說變成一段段的散文，但散文的感情更精練，廢話少，感觸深。

很奇怪，有些事情、有些時候，非得有些酒，否則表達不出來，人終究習慣用冷漠隔離自己，萬里長城牆下是里約海灘，混搭。

那晚我和小咪吃了士林夜市，去天母吃了起司蛋糕，沒上陽明山，送她回北投的家。轉回市區，忍不住轉去兔子的店，內心中期待點什麼。

向兔子要了杯用苦艾酒和威士忌調成的曼哈頓，上面飄枚又大又紅的櫻桃。我慢慢等，眼看第二杯都快喝完，酒吧門在熱滾滾的夜風中打開，進來一個穿著牛仔短褲配透明高跟涼鞋的女人，幾乎露出鼠蹊的短褲往店內打量一圈，停留在我臉上的時間不到一秒。兔子朝她招手：

「小路沒來，喝杯酒？」

短褲有點勉強，不過還是坐下，她眼角瞄瞄我的曼哈頓才說：

「瑪格莉塔。」
她的腿，可以；長相，可以；不過我期待的不是她。何況她找的是小路。
「最近沒見到小路？」女人問兔子。
「好久囉，他忙嗎？」
兔子狡猾，輕鬆將問題丟還給鼠蹊。
「上次他來，是什麼時候？」
「不記得了。」
兔子突然轉頭對我：
「上次見到小路是什麼時候？」
問我？我連小路是誰都不知道。
「好像上個世紀的事。」
兔子再面對吧檯前悲傷的女人：
「好久啦，見到他說，兔子想他。」
短褲喝她的酒，我看電視，拿破崙睡在酒櫃台上，店內冷氣不足，腳下新增了一台大電扇。

「據說要熱到十一月。」

我說的。沒人理睬。

有酒無情，這叫情趣丙，把人生中的偶然，單純地鎖在酒吧內，再由兔子手裡的抹布，細細抹去。

連短篇小說也沒寫成。

關於巧克力和找回失去的記憶

兔子 LINE 我，店裡收到一個署名給我的包裹，用法文紙袋裝的。

「誰寄的？」

「要是懂法文，我開酒吧幹嘛？」

大約七點到他店，還沒客人，拿破崙睡在窗旁的桌上，享受黃昏最後的柔和陽光，兔子則從吧台下面探出頭：

「兩個選擇：我媽包的餃子，我做的披薩。」

「相信餃子。」

兔子呸一聲，在平底鍋煎起餃子。

「我的包裹呢？」

兔子究竟忙煎餃子，或後悔告訴我包裹的事？他根本私吞了？

「最近怎麼沒見到小咪？」

「她忙。」

「忙個屁。」

兔子把手中的鍋鏟伸到我鼻子前。

「少跟我打屁，雖然不關我的事。」

他朝鍋內加水，「滋！」

——酒吧內不適合煎餃子，沒氣質。

「說，我幫你開釋。」

「沒什麼好開釋，交往一年多，衛星進入火星軌道，轉吧。」

「彈性疲乏。」

「也許。有時候一起喝咖啡，她看手機，我看手機，看一下午。」

「怎麼不來我這裡喝一杯？」

「她說太晚。」

「你，完蛋了。」

「開釋的結果是完蛋？」

「不，這個時候該結婚。」

「結婚都因為彈性疲乏？」

「要不然分手。」

我等餃子，拿花生米逗拿破崙，牠扭頭不理我。

包裹扔上吧台，膠帶纏住百貨公司的那種紙袋，商標是法文，上面貼了紙，寫的不是法文：

「給阿呆。」

紙袋內是盒巧克力糖，Bonnat。

「法國有名的。」煎餃滋滋作響起鍋。「女人送男人巧克力糖是什麼意思？今天情人節？」

我知道誰送的，天下只有一個女人叫我阿呆。

「昨天晚上送來，她喝了三杯酒，五個男人找她打屁，她一個人回去，我替她叫的車。」

送上餃子和一碟醬油與辣椒的調味。

「喂，她從法國出差回來，送你巧克力，媽的，你那天晚上真的夠努力，閃了腰沒？」

「沒留電話？」

「沒。」

「有沒有她的手機，還是你有她的臉書、LINE 帳號？」

「什麼都沒，只有，她叫葉子，樹葉的葉。」

我吃餃子。

「靠，兔子，兔媽包的餃子實在，好吃。」

「Bonnat，巴黎名店，請我吃兩顆。」

被燙到嘴，晚了一秒回答，兔子一巴掌揙我腦袋。

「小氣鬼，你不請，我搶。」

他嘴裡一顆，手裡一顆，兩顆。

「有一款酒配這種巧克力最好。」

他開了酒，我配給到一杯。

「更配我媽的餃子。」

他吃第二顆巧克力，另一隻手捻起第三顆。

「你覺得我不該在小咪背後亂搞？」

「我管你喝完酒付不付帳，不管你的道德良知。」

拿破崙拱起背伸懶腰，我扔了一小塊餃子餡在地上，牠當沒看見。媽的，拿破崙被兔子寵壞，該送牠去聖赫勒拿島。

兔子用筷子夾起餡，放進吧台後的小碗，拿破崙吃了。

「牠是拿破崙，OK？不是野貓。請用顧及尊嚴的態度對待牠。」

4 兔子酒吧之

似存在，似不存在

酒吧內最重要的一個人叫酒保，例如面前的兔子。他開張滿周年，我趕來慶祝喝免錢的特調，順便問了問究竟幹酒保有什麼條件？買本調酒的書回來學學就能當酒保嗎？再說如今進酒吧的人，十個有七個喝啤酒，還有兩個喝威士忌，調酒根本沒那麼重要，酒保究竟有何存在的不可取代價值？

兔子把一整瓶威士忌往我面前一摜：

「你愛喝不喝，記得付帳就成。」

這是對客人的態度嗎？我又說，改天換我來做酒保，保證不輸他。這時，按照兔子的說法，基於捍衛酒保這職業的專業性，在滿屋子老客人的面前，非得就事論事，跟我搞清是非黑白不可。他說當酒保有三大條件：

一沒脾氣。凡是涉及情緒的事，當酒保的得自己克制，藏進口袋。

（他說：你他媽的阿呆有事沒事找酒保窮抬槓，你收得起情緒嗎？）

二聽話。聽每個客人發的牢騷，聽每個人的故事，不但專心聽，必要時搭上兩句，讓客人乘機將更多垃圾倒進酒保的肚皮。

（他說：你他媽的阿呆氣量窄小，裝得了別人的牢騷嗎？聽得進別人的故事嗎？能心平氣和做個環保處理機嗎？）

三不囉唆。不管男女吵架，朋友翻臉，酒保有保守秘密的天職，絕對不能當成八卦中心到處宣揚。

（他說：你他媽的阿呆天生一張大嘴巴，三公里外小乖家失火，你可以憑網路三十字的新聞掰成三天兩夜的天方夜譚，你守得住秘密嗎？）

等等，我想想……嗯，我再想想……聽來當個酒保頗不容易。對了，我對兔子吼回去：

「死兔子，你剛才講的三條件，一，數度使用國罵，可見你已經有脾氣。二，你說當酒保要聽話，剛才全是你說話，根本把自己的垃圾倒進我酒杯。三，你嘴不賤，不八卦？那你罵了我半天是幹嘛？」

兔子擦吧檯的寶貝抹布竟然擦到我手背，他瞇左眼說，除了三條件，還有一原則：該教訓某些爛客人時就得教訓，免得一粒屎搞壞一鍋粥，害好客人不上門。

他有理，他是理學大師王陽明，我這個客人難道沒付錢，理該在這麼多人面前被酒保罵？

「你是好客人？」兔子伸出手：「來，咱們結結春天到今天的酒帳。」

說良心話，到酒吧來能和酒保聊聊天是挺愉快的事，好比對廁所內馬桶正前方門板後的那隻蚊子講話，不用擔心蚊子滿街散佈，充其量不過偶爾朝著我嗡嗡兩下。對，在酒吧，只有酒保似存在似不存在，不能沒酒保又可以沒酒保。

我說：

「什麼叫作似存在似不存在，有酒保沒酒保？」

「酒杯空了，再賞點酒唄。」

自從那天之後，兔子見到我如同陌生人，總把「喝酒先付帳」掛在鼻子下，惹人厭。仔細反省，我為什麼不去別家酒吧？無解，味道對了就對了。去過別的酒吧，最後必定兜回兔子的店。後來我帶小咪去，小咪把她同學小好介紹給兔子，我們算大小仙，兔子對我總算採取人性化的態度。

吃完煎餃，繼續喝紅酒，門被推開，一股熟悉的熱風吹進來，上回穿超短牛仔小褲褲的女人，換了短裙，很短很短，短到噴嚏能吹揚她的裙子。

她什麼話沒說，坐上吧檯便一把眼淚一把鼻涕，難不成仍沒找到小路？她男朋友是叫小路吧？

「我要分手，他手機停了，LINE沒回音，臉書也不見人。無論怎麼樣，我要把話說清楚。」

女人喝了兩杯啤酒，吃了兔子送去的兩顆巧克力糖，環保了一番她的情緒，又沒頭沒腦走人。

說也奇怪，兔子違反他的三條件，拿起電話撥給小路，他說：

「小路，你女人來過，要和你分手。好好想想，交到一個能談心的女人不容易。即使你不在乎，再見一面至少有個交代。」

他掛了電話，我忍不住說：

「你以前不是說酒保沒脾氣、不囉唆？人家男女朋友鬧彆扭，讓他們自己去解決，你賣你的酒，管什麼閒事。」

兔子沒搭我的腔，扔份報紙給我。

「看報。」

看什麼報？

「拿近點看。」

有大新聞？

「再拿近點。」

「兔子，都拿到我瞳孔前面，這麼近，哪看得清半個字？」

「正解。」兔子站直身子，用泰山壓頂的氣勢：「你們這群死男女，別人的事不少管，輪到自己，偏愛拿到瞳孔前看，怎麼看得清？我剛才打電話給小路不是管閒事，是要他把報紙拿遠點再好好看看。」

喔，為什麼小路的報紙要遠點看，偏要我拿這麼近看？

「因為小路是男女問題，退後一步再看，完全不同。你是人格問題，近點看，寧可看不清，否則看清了犯噁心。」

他什麼意思？男女間的事情有時真得拉開距離，遠點看？

好，我也來遠點看！我面前原是兔子的一雙賊眼，退後兩步，變成個橫眉豎目手裡捏抹布準備抹上我臉的一九三公分大兔子，還是惹人討厭。再退後兩步，看到兔子身後酒櫃上的拿破崙，嘿，有點改善，拿破崙柔和了兔子那張臭臉。

好，再退兩步，退到酒吧門外，不錯，這扇破木門很熟悉，我心情不好時看到這扇門立即好很多。

再退兩步，不一樣，完全不一樣，我看到的是這家小卻討人喜歡的酒吧，還有酒吧裡全城唯一肯讓我不必付現而掛帳季結的兔子。

我再退，要是我退到法國，我想我會買盒巧克力，會寂寞，可能偶爾思念兔子和他的酒吧。

兔子之於我，似存在似不存在。

5 兔子酒吧之

總之，把愛情當汽球

凌晨一點是個喝酒的關鍵時刻，能夠清醒地過了一點，神清氣爽回家睡覺。如果一點前便趴在吧檯，夢到每個交往過的女人機率極高，最驚悚的是大三那年的露露，她兩手扠腰站在窗口盡是人頭的男生宿舍前，對我說：

「你給我記著。」

對小路來說，一點以前既沒喝掛，也不清醒。接完兔子電話後的一個小時，他搖搖晃晃走進來，他一個多月來的人生，籠罩於清晨醒來發現小雞雞絲毫無勃起跡象的陰霾之中。原來逃離已不再是愛情的愛情，影響男人的健全生理反應。

他吃了巧克力，不是我請的；喝我的酒，且開了第二瓶。

兔子不再講短褲或鼠蹊的事，他滑在帶輪子的高腳椅上，從這頭滑到那頭，再從那頭滑到這頭，拿破崙絲毫不受影響，保持慈禧閉目養神的高雅躺姿。

人類經常自以為是，有沒有科學家研究過貓的大腦？與人相處幾十個世紀，誰敢保證貓聽不懂人話？我覺得貓聽得懂，不然拿破崙怎麼無聊到躺在吧檯後的酒瓶堆裡假裝睡覺？牠一定邊聽酒客的牢騷邊偷笑，自得其樂，說不定哪天出本《人類無聊心理學》的暢銷書。

一點十七分，小路找到了某種真理。他沒對兔子提及與短褲的事，反而——真理叫婉婉，一向在各酒吧間獨來獨往，小乖曾想對她告白，一敗塗地。

兔子這裡有個規矩，雖未明文公告，熟客都清楚。若有單身女客，她的杯墊是紅綠燈，若印了酒商商標的正面朝上，表示「少惹老娘」，她心情不好；若空白的反面朝上，表示她心情可以，歡迎找她聊天。

「如果沒杯墊呢？」我問。

「你去跳樓。」兔子用抹布回答。

剛和熱褲鬧得躲躲藏藏，一下子——

男人是難以預測的動物，小路自稱禁錮三個月的靈魂竟在午夜一點過後得到解脫。他偷了我的巧克力送給空白杯墊的婉婉。

豎直耳朵偷聽，他講了和鼠蹊之間的事，講得落落長，講得我差點拿兔子的抹布接他幾乎溢出的眼淚。

不到兩點，小路和婉婉一起離去。

不是熱褲的監護人，不是婉婉的心靈導師，不干我的屁事。

兔子收拾他們留下的酒杯、酒瓶，和我的禮物空盒。

「兔子，你明示暗示罵我，怎麼不罵小路？」

「汽球。」他說：「汽球。」

兔子這麼說的：

愛情分成幾個階段，很年輕的時候，愛情是汽球，拼了命往裡面吹氣，吹呀吹，等汽球變大，一不當心，卻見汽球離手飛上天，抓也抓不回來。

年紀稍微大點，愛情是香水，和體味融合，分不清香水或肌膚，勾得心頭癢癢，無論怎麼用力嗅，嗅進鼻子裡，嗅不進心裡。

再大點，愛情是強力膠，想把膠抹在對方身上，等兩人黏在一起，又忙著去找刀片、找化學溶劑，設法把膠水給刮掉、溶掉。

再大一點，愛情是紅燒肉，吃兩塊，香又滿足，吃了一鍋，膩得想找水喝。偏男人都想吃一整鍋，吃到吐。

「至於今天晚上的小路，愛情是救生圈，在大海當中，見一個撈一個，恨不能繫在一起當充氣床，由他飄呀飄，飄到他媽的西天找唐三藏，問老唐：您老人家跟隻猴子、肥豬、光頭和尚走那麼趟要命的路，不悶嘛？」

我沒耐心：

「你看小路，他是汽球、香水、強力膠還是紅燒肉？」

「他怎樣不重要，倒是每個男人該珍惜汽球，那才是真正的愛情，全心全力、死活不拘往裡面跳。」

「撲通。」我立即聲效。

關於喝酒的一些莫名其妙規矩

當我正打算回家，思考怎麼算今晚的兩瓶酒錢，畢竟兔子和小路，甚至插隊的婉婉都喝了，而兔子的煎餃該和我的法國名牌巧克力糖ㄉㄨˋ掉？酒，我付半瓶的錢。

沒來得及和兔子商量，她來了。

葉子換了打扮，像五〇年代美國電影《第凡尼早餐》女主角奧黛麗赫本，頭髮盤到腦後，配黑絲般的連身裙。在瀰漫著熱氣、菸味、爵士樂的薩克斯風聲的店內，我迷糊的眼中看見一團火朝我噴來，她對我說：

「收到巧克力糖？我猜你一定來拿，沒想到你還待到這麼晚。」

我貪婪地盯著她看，想把那晚喪失的記憶補滿。

愛穿黑衣服的女人，大多以雪白的肌膚自豪，她低胸領口立在我面前，兩團白嫩的肉體輕微顫動。

「走吧，讓兔子打烊。」

我隨她出去，忘記付錢，兔子忘記收錢。

走在幾乎無人的街上，聞到她身上氣味，想起某個乳房下面銅板大小的胎記。

「工作，煩，忙到剛剛，一口酒沒喝，陪我喝幾杯。」

「幾杯？」

「規矩是在酒吧裡遇到初次認識的對象，得一路遇到酒吧就喝一杯，直到喝進我家。」

「到妳家有幾家酒吧？」

「走走看囉。」

往前走，一百多公尺遇到第一家，是日式的 SAKE Bar，她熟門熟路走到吧台。

「兩杯燒酒，就——」她指著酒櫃裡的一個酒瓶：「那由多の刻，沒喝過。」

一人一杯，雖然冰過，入口比金門高粱辛辣，進了食道，武士刀的刀刃。

「買單。走，下一家。」

我付了帳，跟著走回羅斯福路。

第二家是二樓的小酒吧，老闆拔了製冰器的插頭要收攤。

「老闆，我們能喝一杯酒嗎？喝完就走。」

老闆從老花眼鏡的鏡片上緣露出枯乾的眼神，沒問任何問題，在我們面前各倒一杯不知名的威士忌。

這次她主動扔下鈔票，我們小心下樓走回大街。

她的小腿肌肉一收一放，踏出穩健的步伐，小而挺的屁股繃在黑裙內，我不能不更用力回想，那晚我真的跟她做了？怎麼做的？

希望是抱著她屁股做……哎哎哎，我的記憶力發生斷電事故嗎？

各種各樣的遐想像颱風夜加上海水漲潮似地灌進我腦子，走，我緊緊跟隨那雙映著月光的小腿。

「這輪你掏錢。」說著她已鑽進路旁一家沒有霓虹招牌的小酒館。她怎麼知道這是酒館？

她朝酒保點了兩瓶啤酒，把其中一瓶推到我面前。

「口渴了，一口乾掉。」

也好，喝得半醉不醉可以忘掉羞恥和繁文縟節。我抓起酒瓶面紅耳赤喝光瓶內每一滴酒。

至於其後我們進了幾家酒吧、喝了幾杯酒，再次不復記憶。

想問她，這算交往呢，或根本拼命？我沒說，我跟著高跟鞋上的腿、吧台前的胸部，老實又乖巧不停地喝。喝到她白皙皙的胸部沒晃，我的頭倒晃起來。我朝她搖搖頭：

「不能再喝了。」

「我家，你家？」

「我自己回家。」

「喔？」

「去了妳家我將再失憶一晚上。」

她用指關節敲我腦門：

「下回見囉。」

我拉住她：

「那晚我喝多酒——」

「後悔？」

「有個困惑想求證一下。」

「什麼困惑？」

「我戴套子了嗎？」

「這是什麼困惑？叫失憶。」

「戴了沒？」

「不記得。」

她甩甩香奈兒包，身體隨高跟鞋均勻地左右搖擺，朝另一個方向走去。

我站了一會兒，目送她上計程車。

沒有找回記憶，又弄丟一些記憶。

我力氣盡失吊掛在吧檯前，兔子沒說什麼，他倒杯酒給自己，放了張黑膠：

「沒客人了，深更半夜放首我店裡從沒放過的歌。」

唱針滑進軌道，高亢的男聲與吉他伴奏。

嘿，香港歌。男人唱著：

今天我，寒夜裡看雪飄過
懷著冷卻了的心窩漂遠方
風雨裡追趕
霧裡分不清影蹤

「Beyond。」我說。
兔子舉手制止我繼續說下去，讓男聲唱：

原諒我這一生不羈放縱愛自由
也會怕有一天會跌倒
背棄了理想，誰人都可以
哪會怕有一天只你共我

（文中歌詞出自《海闊天空》，詞／曲：黃家駒）

「熱戀中呀，世界塌了，只要你跟我在一起，其他無所謂。」他又抹起檯面：「矛盾。放縱愛自由，偏偏經常容不下你，容不下我。」

意思是？

「追趕，不錯；霧裡分不清影蹤，浪漫。一旦你共我，和自由就衝突囉。」

「你到底想說什麼？」

「打烊。」

不知名·有些女人該養隻貓

「你有什麼主意？」對面戴大墨鏡的女人問。

整人有五百種方法，例如把瞬間膠擠進他汽車的鑰匙孔；例如拿棵大蘿蔔塞進他車子的排氣管；例如寄黑函到他公司說他對女同事性騷擾；例如找個女人打電話給他老婆，什麼也不必開口，悶著頭哭……嗯，的確有點幼稚。

「我要你讓他生不如死。」女人墨鏡下的嘴唇輕微發抖。

簡單，找小劉，趁男人不在家，開鎖摸進去，把一包毒品朝廁所馬桶的水箱裡藏，再撥電話到警察局報案，七年以上有期徒刑。要不然，乾脆點，花點錢叫大胖賞他頓拳腳，打斷鼻樑兼兩根肋骨，絕對痛到生不如死……下流？不是要出氣、要報仇嘛？

「你看過基督山恩仇記嗎？」女人將她裸了大半的右腿架到裸了三分之二的左腿上。「我要像基督山那樣。」

赫，看來深仇大恨。

基督山恩仇記也不難，找個漂亮點的女人勾引他，到時通知他老婆抓姦在床，玩場仙人跳的老遊戲，非鬧得他妻離子散不可。我則領到一萬美元去泰國找個海灘曬太陽，晚餐吃綠咖哩佐檸檬魚。

決定基督山那套，就是她得親眼見到男人被整的過程，以平復當年她被欺騙的情緒。

帶她到十一樓這間空屋，拉起窗簾，將望遠鏡遞過去，喏，從這裡看對面七樓一目瞭然。她很興奮，兩眼差點沒鑽進鏡頭裡去。

「那是他太太？果然交際花出身，不要臉，連在家裡也穿成那樣。」

穿成哪樣？望遠鏡借我看一下……算了。

「他們的兒子回來，幾歲的小鬼脾氣這麼大，關門用甩的，沒家教。你說他幾歲？」

五歲，叛逆期提早開始。不只他們的兒子，我們男人都這麼長大。

「幾點了他還沒回家？」

八點半而已，帥又事業成功的男人非得七點以前回家吃飯嗎？我打開身旁的飯盒，不帥兼沒事業可言的男人，餓不得。

「那盞水晶燈是我的。」

尖叫之後是抽泣，我沒手帕沒衛生紙，這張剛抹了嘴的餐巾紙能用嗎？

直到我慢條斯理把整隻雞腿細嚼慢嚥吞下肚，然後閉上眼休息。再張開眼時她已止住淚，不過仍守著望遠鏡。哎，如果每個女人熱愛望遠鏡，男人也許能省下不少買包包鞋子的錢——

「有一隻貓。他們家為什麼養貓？難道不知道他對貓毛過敏，氣喘發作起來要人命。」

「一直講手機，一直講，他怎麼會娶這種女人？」

女人愛手機是好事，省得煩男人——我沒講。

「是不是他的車？BMW新款，一定是他的。」

我朝樓下小巷子瞄一眼，一輛車剛閃著尾巴的紅燈轉進地下停車場。女人忙碌地調整焦距，我將錶湊到鏡頭前讓她看清楚，十一點半。

「這麼晚才下班？他進房了，他老婆怎麼拿抱枕砸他？兒子怎麼沒出來叫爸爸？

他提著行李又去哪裡？」

再瞄一眼，對面七樓的客廳沒人，不，那隻貓倒四平八穩趴在沙發上看電視。

「剛進家門，他又去哪裡？」

出差——我來不及說。

「大偵探，如果我還跟他在一起會怎樣？」

養隻貓——我依然沒說。

關於我搬出老爸的家

媽離開以後，不能說爸對我不好，他很努力，甚至買了幾本食譜舉起鍋鏟學做菜，最大成就應該是廚房的滿地菜渣。

從五點半坐在房間等他叫我吃飯，終於，七點他敲了我房門：

「對不起，不很成功，我們出去吃牛肉麵吧。」

他就是這種男人，不可能說「我失敗了」，頂多說「不很成功」。

十八歲的兒子和十五歲的兒子差很多，他分辨不出，因此他對我手足無措。

那年我讀大學，他對我沒進台大表現出失望的落寞，但仍擠出笑臉請我去一家老餐廳吃牛排，大方地點了法國紅酒。永遠記得他替我斟酒時說：

「今天起，你可以喝點小酒。」

他不知道我喝酒喝了整整高中三年。

過去十八年，我百分之九十以上的人生是跟母親過的。八歲時仍尿床，她抱著我說，沒關係，長大就不尿了。十四歲時首次夢遺，她默默捲起我的床單，將被子曬在院子，笑著說，沒關係，你長大了而已。十六歲第一次交女朋友，隔壁班的小怡，我們放學路上被人叫住，媽手提一大袋爸最愛吃的釋迦，分給小怡兩顆，說有空來家裡玩。

我抽屜內多出一包保險套。

三個月後，小怡拿我送她的張學友CD站在我家門口對我媽說：

「請把這個還給他。」

媽問我怎麼得罪小女朋友？我哪知道。但我知道她檢查過我的抽屜，保險套不帶表情地躺在那兒，直到她拿張學友的CD進房，她說：

「沒對不起人家吧？擺在你抽屜的東西，不是為你，是為了人家。」

我聽懂嗎？大概沒有，倒是那包保險套一直留著，成了某種紀念品，偶爾因它想到小怡。

爸也做了些事，除了教我刮鬍子，教過我國文，不爭氣的我中途睡著，他嘆口氣對媽說：

「古人說棒頭出孝子，不是沒有道理。」

一句話，意味家仍然是他的。

媽在中學教書，我見過她在學校的模樣，成天笑咪咪，一旦回到家，變得貓似的，怕太大聲吵到書房裡的爸。她甚至找人在我房間裡貼滿吸音板，說我聽的音樂吵到爸。

我們家兩個世界，一個爸的，一個我和媽的。

也許受媽再婚的刺激，爸稍微改變了穿衣服的方式，有時問我該怎麼穿不顯得老。問十八歲的青少年，等於白問，他總嘆氣：

「我怎麼能穿你們那種褲子。」

他染了頭髮，不再將襯衫紮進褲腰帶內。換上很多年沒穿過的牛仔褲和我送他的NIKE。他捧著新鞋，看初生小貓般看了很久：

「謝謝你的禮物，螢光色多刺眼，我適合嗎？」

日後那雙鞋被他穿到底磨穿，還說：

「沒關係，我送去換個底。」

他不是省錢，是珍惜我送的禮物。

開學後和他見面的時間愈來愈少，我的活動空間愈來愈大，我們像客人，難得見面，彼此拘謹地問候對方，吃飯時很少講話。爸之前並非如此，和媽的離開有關係，他怕我也走了。

終歸我仍得走，說不出原因，媽走的那天起，覺得我也該走。退伍後沒多久，我說工作關係，常常應酬，太晚回家會吵到他，在公司附近租間小公寓，上下班方便，不過每週六一定回家。

掙扎幾個月，反覆練習對他說搬家理由的台詞，鼓起勇氣面對時，差點退縮。

他坐在書桌後，兩眼看電腦螢幕：

「你是我兒子，你不會吵到我。」

我們再沉默。

「男孩長大是該過過自己的日子，你負擔得起房租嗎？」

「可以，單人套房，不貴。」

他掏出皮夾，拿出一張銀行提款卡：

「收著，我和你媽為你存的。錢不多，用光了跟我說。」

說完，他又把自己鎖進書房。

提款卡內有一百六十多萬，我對媽說。媽在電話那頭也沉默，我叫了好幾聲，她用遙遠夾著回音的聲音擠出話：

「這麼多？他貼進不少錢。」

掛了電話，我幾乎有衝去敲書房門的念頭，不是因為怕吵到他，我想告訴他，我企盼完全屬於自己的生活，也希望他有自己的。

爸的個子高，從來沒胖過，過於嚴肅之外，其他還好，他能交到女朋友，即使發展師生戀，我絕不廢話。

求求老天，讓誰把他從書房拽出來！

在八德路租了頂樓加蓋的鐵皮屋，他主動提出來看看的要求。

房間很簡單，一張床、電視、冰箱、狹窄的衛浴、書桌。他坐在床緣東看西看，好久才張開嘴：

「不是給你錢了嗎，怎麼住頂樓的鐵皮房？夏天熱死，冬天冷死，下雨天叮叮咚咚的雨點聲。三國是你從小到大的同學，給你那麼點薪水？」

頭一年我的確每週六回去，如今家裡請了位鐘點計費的歐巴桑，一週來兩個下午打掃房子、洗衣服、做兩頓晚飯。爸在週五另外加錢要歐巴桑做豐富一點，留在冰箱，週六晚上熱一熱，和我吃飯。

由於不常見面，我們之間的話比以前多些，我敢開玩笑，他敢反擊。最明顯的一次是他低頭喝湯時說：

「我交了女朋友。」

他依然喝湯：

「學校的同事，快四十。」

我對他的了解較過去增加很多，馬上問：

「到底幾歲？」

他這才抬起頭傻笑：

「三十四。」

「四捨五入，三十四叫快四十？」

他握著湯匙傻笑。

第一次見到他不帶尷尬的靦覥，可能意味他對邁出書房並沒有適應不良的問題。請他和快四十歲的女朋友吃飯，介紹完彼此，我恍然大悟，因為她的話多到匪夷所思的地步。一晚上全由她主導，點菜、點酒，直到甜點。她只准爸吃半片草莓蛋糕，另外半片進我盤子。

「你爸血糖高，幫他吃了！」

我血糖高沒關係？

爸沒說什麼，抿嘴笑著看我。

他尋找愛情，還是單純地需要人照顧而已？

回家途中，我溜去藥局，趁血糖阿姨不注意，塞給爸一盒保險套，他對Durex發了十多秒的愣，接著放聲大笑。從小到大，沒見他笑成這樣。

因此我搬家是正確的抉擇，不該打擾他好不容易得來的另一個春天。

第二個星期起，我和爸之間的一切已由他的女朋友接手。到週五，她在LINE上問我週六想吃什麼？帶不帶小咪去？

不能再喚她血糖阿姨，她是爸以前的學生，離婚重回學校念研究所。沒問她有沒有孩子，沒問她老公再婚沒，幾乎什麼也沒問。她和我人生間的範圍是老爸，規律則是我畢恭畢敬在LINE上回話：

「阿姨，別忙，吃什麼都好。」

以前我對媽有這麼好「逗陣」嗎？

對媽說了爸的事，媽的表情如冰過的起司蛋糕，幾條離開烤箱時便存在的皺紋仍存在，沒其他的變化。她拉住我的胳膊，頭倚在我肩膀：

「你看著他點，他從沒有失敗過，我是他的第一次挫折，不能再讓他碰到第二次。看他那麼大的個子，脆弱得要命。」

這種事我能幫什麼忙？天要下雨，老爸談戀愛，兒子無能為力。

但我記住媽的話，對血糖阿姨各種示好，怕她哪天對爸失去耐心。

我覺得，爸對她包容太大，過度壓抑自己，用爸當年對我的成績單的說法：遠景堪慮。

呼嚕．不喜歡拍立得

我給他看的第一張照片是整片的藍，因為相機效果顯然不好，要不是勉強能認出角落的一小朵雲，跟拍一張藍色的紙意思差不多。

「天空。」他說：「四月二十二日的天空。」

很好，顯然那天沒霧霾，讓他如此大費周章記錄下藍色的天空。

再拿出第二張，拍的是把快散了的破舊籐椅。光線還不錯，使籐椅一半陰，一半亮，破敗味十足。

「籐椅。五月五日的上午。」隔了十幾秒，他補充。

廢話，因為那張椅子此刻正在他屁股下瀕臨爆裂。

第三張，一隻小貓，窩在某堵紅磚的牆角，背景的紅，使小貓面對鏡頭的驚嚇表情尤其生動。「貓。五月六日的傍晚。」

「當然是貓，你看牠像狗嗎？」我失去耐心了。

「這張呢？」我把第四張伸到他面前。

這次他看了很久，不，不是看照片，是看他椅腳前排列整齊的布希鞋和髒兮兮的腳後跟。

太棒了，完全跟照片上的一模一樣，換句話說，他可以隨時拍自己的腳，不用在意歲月與光陰。

他坐在我對面，低頭看鞋與腳，交合的十指中，兩隻拇指不停繞著圈圈。我收回照片，喝一口不燙不冷的茶。

這是間舊公寓的一樓，室內將近二十坪，不過有個五坪大小的庭院，可惜，只有雜草和一株只剩枯枝的櫻花樹。

三張可以追溯到上一代的籐椅，缺了一條腿用磚頭頂住的木頭茶几，木門旁是後輪沒有氣的腳踏車，至於木門，大概好幾年沒關過，釦住門框的下方鉸鏈已鬆脫，因為連結鉸鏈的木頭早腐爛。

不必關的大門。

院子左側靠牆處拉著一條塑膠繩，掛了幾件仍濕漉漉的衣褲，使空氣中充滿潮濕的刺鼻味道。

屋內也很久沒整理，方形餐桌堆滿模型的紙盒、泡麵紙箱，沙發上歪七扭八看似從未疊過的棉被，最醒目的是牆上貼滿由同一台立可拍相機拍出的不同照片。有的照片空白處寫了日期，有的沒有。

我探頭進廚房，忍不住朝院子喊：

「爐上的水開了。」

「喔。」他應了聲，拖動沉重的身子進屋，提起燒滾的一壺開水出來。

他手中還有個墨綠色的小圓罐，旋開上面的圓蓋，是磨豆機。舀入三勺咖啡豆，他旋轉中央的金屬握把，慢慢磨起豆子。「你要喝濃點還是淡點的？」

「濃的吧。」

那是露營用的三合一咖啡磨豆機，豆子磨成粉落至下面的濾網，沖進熱水，下半段罐子恰好可當杯子。

他細心沖咖啡，壺嘴的熱水畫出圓圈，咖啡香氣壓過潮濕味。

沒把半個罐子直接給我，倒掉我杯中的茶葉，洗也不洗，即將咖啡倒進去，我有杯混著些許烏龍茶味的咖啡。

摻進熱水，他就著罐子喝。「我不能喝太濃的，睡不著。」

將籐椅拉到他面前，我不客氣地問：「每天泡麵、冰淇淋、關東煮配薯片，全家就是你家？」

他沒出聲。

「三個月，胖了幾公斤？」

他又看起布希鞋前端的腳指頭。

「好吧，總能說說你的照片吧？到底天空啦、籐椅、小貓啦，是什麼意思？」

「我的心情。」他左腳後跟磨右腳後跟。

抽象的心情，具象的照片。

「你看，」他指指我手上的藍色的天空：「我想告訴她，都OK了，別替我擔心。」

那天我覺得已經不再想她，正好看到藍天，就拍藍天，是心情。」

「這張呢？」我換一張照片。

「籐椅，晚上睡不著，天剛亮就起來，忽然想到我弟弟，看到籐椅就拍了。」

他弟弟在兩年前因長期憂鬱症吞下大量安眠藥自殺。

「意思是？」我問。

「整晚想一大堆有的沒的，早上想到我弟弟。」

「這張籐椅的照片代表你思念弟弟？」

「嗯，看到每張照片，我想到拍照那時候的心情。」

他頓了頓，又喝一口咖啡：「也想她。」

籐椅否定了藍天。

「小貓呢？」

「牠叫呼嚕，巷口林阿伯養的，一胎生下六隻，死了兩隻，送走三隻，剩下呼嚕。有時候下午呼嚕會跑出來，我請牠吃東西，我們是朋友。」

「拍照的時候你是什麼心情？」

「很平，覺得該做一點事情，先把腳踏車的氣打足，騎它到河濱公園，做點運動。」

我看看癱在門邊的自行車。

「可是還沒打氣，還沒騎。」

「所以你看到小貓的照片，想到是腳踏車和減肥？」

「嗯。」

「布希鞋呢？」

「那天沒看到呼嚕，我，有點孤單。」

「拍的是寂寞？」

「嗯。」

有人寫日記，有人寫臉書，他以拍立得記錄心情。

我拿出最後一張，拍的是沒有呼嚕的紅牆。「這張呢？沒有小貓，同樣的一堵牆，意思是你沒有腳踏車，照樣出去跑步減肥？」

他沒說話，兩手捧著圓罐子，熱咖啡的蒸汽遮去他小半張臉孔。

站起身，我伸個懶腰：「牆上照片都是你的心情？」

「嗯。」

我兜了一圈，好奇地問：「拍柏油路面是什麼心情？」

「買冰淇淋回來，不想再吃，又買，沮喪。」

「這張模模糊糊的是什麼？」

「呼嚕，牠不吃我準備的魚，跑了，來不及對焦。」

「那時你的心情是？」

「呼嚕跑了。」

遇過千百種宅男，勉強聽得懂他的話。

「這張是捷運？」

「我沒趕上，它剛好關上門。」

「心情？」

「三分半後下一班會來。」

應該告辭，我用平和的口氣說：「別再寄照片，自己留著就好，都分手這麼久。」

「她以前喜歡聽我講每張照片的心情。」

不能走，我再問：「你有工作嗎？」

「我做模型，在家做。別人傳圖樣、要求，我就做。」

難怪他屋子內盡是公仔，其中幾個很特別，包括坐在坦克上，一手青龍偃月刀，一手機槍的關老爺。

「收入不錯？」

「可以。」

他的話不多，我忽然看見另一張照片，媽媽牽著小學生女兒的背影，拍得最清楚的一張。「這張呢？」

「對面張媽媽要我拍她和女兒的合照，我拍到她們的背影，張媽媽不喜歡。」

「所以就留著？沒有心情？」

「有，那天我想到我媽媽，她去年剛走。」

懷念與悲傷。

我指著下一張：「呼嚕躺在椅墊上睡覺，代表你的心情很好吧？」

「不是，呼嚕不怕我了而已，心情不是很好，是輕鬆。」

「公車站牌這張呢？」

「她以前都在這裡下車，我在對面等她。」

「拍的時候心情怎樣？」

「沒怎樣，我每天經過車站，拍過幾十張，只留這張，這天我的心情很空，什麼都沒有的那種空。」

我待得很晚，我和他把冰箱最後半桶草莓冰淇淋幹光，把兩罐薯片幹光，我買了四瓶啤酒三碗泡麵，幹光。

呼嚕傍晚時候來的，躺在牠似乎已習慣的舊椅墊上，牠不吃魚，習慣吃薯片和貓飼料。我抓起拍立得拍了呼嚕的空碗。

他問我：「你也拍自己的心情喔？」

「對。」

「那你的心情是？」

「本來我現在該在某間酒吧喝酒，沒去，坐在這裡看呼嚕吃完飯，心情——很飽。」

他點頭。他懂我的心情？為什麼我自己都不懂？

他窩進籐椅內，我趴在一旁的長沙發，一起看睡著的呼嚕。

「你拍一張，我也拍一張。」

好。我們小心不吵到呼嚕，各拍一張照片。我拍的是呼嚕的尾巴。

「心情很平很平。」我說。

他拍的是空啤酒罐，他說：「很安靜，而已。」

第二天我給委託人蘇小姐打了電話，沒事，我說，他以後不會再寄照片給妳。女孩謝了我很多聲，就是沒問我為什麼不會再收到照片。

之後換我每星期收到一張照片。

兔子，你看這張，馬克杯，大概可以猜出他的心情和昨天、前天一樣。還有這張，他拍最好的一張，飛在天空裡小小黑點的風箏，那時他的心情應該是快樂。

最新一張則是呼嚕，拍得很清楚，呼嚕伸一隻爪子要抓鏡頭。牠依然不喜歡拍立得，不過可以確定牠躺在他懷裡。

從此沒再收過照片——兔子，別閃，讓我拍一張。

看看我拍到的，你的背影和後面酒櫃裡的拿破崙，此刻我的心情是，兔子，你內心空虛，靈魂不安定，幸好拿破崙當你祖宗牌位，驅邪。

兔子罕見地沒回嘴，他扔張照片在我面前，他也記錄心情？

媽媽抱著初生的嬰兒，病房內，剛生，是小好，她已經生第二胎了。

這張照片是什麼樣的心情？

嗯，我說：「陪我喝一杯吧，兔子。」

他又打破規律，大大打破，將 Youtube 接進電視螢幕，王傑的《一場遊戲一場夢》，他對著畫面跟著唱：

「說什麼此情永不渝，說什麼我愛你，如今依然沒有你，我還是我自己。」

「聽過愛情的保鮮期傳說吧？」

沒頭沒腦砸來問題。

「沒。」

「有點道理，」他說：「過了保鮮期還好，過了保存期限，就得扔了。」

意思是？

他把小好與第二胎孩子的照片，刷刷刷，撕了，扔進垃圾筒。

6 兔子酒吧之

每個城市都需要寄放靈魂的酒吧

「替你老爸擔心？呆呀，你擔心過了頭。下回帶你爸和他女朋友來，我請客。」

兔子講得大義凜然，我聽得出其中的虛情假義，他從沒請過任何人喝免費酒，即使來的是他老丈人。

兔子不是重點，酒吧裡發生的事才是。這天我有個想法：每個城市都需要一家寄放靈魂的酒吧。

其實每家酒吧可能早已滿牆的傷心紀錄，公會或者工會應該設計某種像五星級飯店掛的梅花標誌，讓傷心的人見到，選擇寄放靈魂的地方，免得它走失。

不必梅花，一顆裂成兩半的心。

靈魂酒吧的老闆兼酒保兔子，每天從下午四點開門，原則上這時只放兩種音樂，小喇叭、薩克斯風，加上哀怨鋼琴聲的爵士，與深具催眠效果的輕音樂。

台北連續下了兩個星期的雨後，這天，毫不慚愧地進入第三個星期。

沒有計畫找兔子談我爸戀愛的事，而是摩托車半途熄火，大雨裡推車找修車店不夠明智，便找個起碼能讓我忘記雨的地方，三點五十五分站在酒吧前的雨棚下等兔子，他打著呵欠開門對我說：

「你是這星期第八個催我開門的客人，昨天有三個。」

聽起來寂寞或躲雨的人不少。

撿了窗前的位置，才坐下就聽到薩克斯風向我低訴：別太鬱悶，雨總有下完的時候。

薩克斯風是種邪門樂器，吹進聽者骨子裡，有點武俠小說冰雪綿掌的威力。

兔子酒吧只有靠門處有扇窗戶，做了個向外突出的角窗，拉起白紗的窗簾，裡面擺盞娘炮味十足的小小彩色玻璃檯燈，開燈後，路過的人能感受到一點色彩與昏黃光線傳遞出去的暖意。

以前都晚上來，忙著鬼扯和喝酒，這天才發現窗檯旁掛個小相框，裡面沒有照片，黑色簽字筆寫下的幾句話：

「每次失戀，靈魂流失一部分
每次再戀愛，卻不會增加一點點
總有一天靈魂索性留在酒吧的角落
不再跟我回家」

我問兔子，誰寫的？挺悲傷。兔子清理吧檯，點庫存的酒，他沒看我：

「一個像你八十年前模樣的小帥哥，他喜歡雷蒙·錢德勒的小說，你知道吧，就是寫《漫長告別》的那個美國傢伙。」

「後來呢？小帥哥失業三個月，欠你一把酒錢，只好留靈魂在你店裡抵帳？」

「他呀，最後一次來我這兒喝完酒，走的時候已經半夜四點，我叫他少喝點，他說，喝醉，只有一種方法，想清醒過來，則有五十種方法，清醒，太累。」

當兔子講到這裡時，我腦中閃過一個念頭，我對兔子說，他該把酒吧的名字改成「靈魂酒吧」。

兔子給我遞來一杯咖啡和一碟剛烤出來的起司培根土司，起司融化後幾乎把整片土司裹住，咬一口，燙燙的，拉出細長的起司絲。他看看窗外的雨，若有所思好一會兒才說：

「還是叫兔子酒吧好，進來的客人不管認不認識都喊我兔子，多親切，也省得介紹，要是叫靈魂酒吧，解釋起來太費勁，說不定人家以為我是道士，這裡兼職收驚。」

「再講講那帥哥，有點像個詩人。」我用腳尖在桌底下頂開對面的椅子，「坐坐，反正沒客人。」

「這裡本來是他和女朋友的老地方，你懂吧？」他給自己也倒了杯咖啡走來：「每對談戀愛的男女都有個老地方，你和小咪打得火熱的時候，老地方是哪裡？不會是北投公園裡的草地？嘖嘖，當心夏天的螞蟻。」

早忘記那個老地方，對，是復興北路上一家日式居酒屋，她經常遲到，我則窩在吧檯一角，拿清酒當計時的沙漏，大口大口喝光陰。

「有次他等了很久，打手機去，女人說她忘了。接下來是一連串忘記和勉強趕來，兩張俊俏漂亮的臉孔，變成麻將裡的『三條』。你打麻將不？一百三十六張牌裡，就數『三條』最難看，兩頰下垂，塌著張臉。」

我覺得白板也難看，但，不重要。

「好像去年這時候，帥哥對他那又遲到兩個小時的美女說，不想來就不要來，不必勉強。嘿，女孩果然回頭便走，問也沒問候我一聲。」

以後男子孤獨一人，每晚都來喝酒，喝得兔子心驚膽跳，怕他萬一喝多想不開，就勸他少喝點。

「就那晚，他寫了這些字。」兔子指指牆上的相框，「第二天下午來開店，怎麼看都覺得不錯，找個框裱起來，挺配我這家酒吧的，是吧？」

「後來他不來了？」

「不來了。」

「你不擔心？」

「怎能不擔心，我有他的名片，搞設計的，在家接案子，是他媽接的電話，說他出國去旅行，要一個多月。」

失戀者都以為旅行有遺忘作用，不過走在旅途上才明白沒別的事可想，不知不覺注意力更集中在最痛苦的那個點上。

「後來呢？」

「誰曉得？我又不是他女朋友，總不能每天打電話去他家問，伯母，小鐵回來沒呀，我相信不會有事，年紀輕，復原得快，要是到我的年紀，沒事搞個戀愛，萬一陷進去，骨頭摔斷幾根，留個風濕當紀念。」

「小好出國以後你不交女朋友，就是這緣故？想盡辦法避免日後……風濕？」

「誰是小好？」

「這麼說，他失戀一年還沒復原吧，否則為什麼不來你這裡？」

「過度清醒的人，不進酒吧。」

「即使清醒也可以跟我們現在一樣，喝咖啡。兔子，你把店名改成靈魂咖啡館、快樂酒吧，怎麼樣？」

「不怎樣，我每天工作十個小時以上，你想我再白天開門賣咖啡、早餐，搞得睡眠不足、內分泌失調？有病。」

不，不是有病，有客人進來，一個單身女孩，穿高筒帶花的雨鞋，配黑色緊身褲，瘦瘦長長。她四處張望，我瞭，她看中我這個位置，沒關係，她可以坐我對面，無聊對寂寞，咖啡加胡椒。

我識相，起身讓出位子，不如坐到吧檯，有兔子可以聊聊天。

高筒靴問兔子能不能給她一杯熱的威士忌和兩片檸檬？兔子點頭，「小姐感冒，還是受涼？」

人家把他當酒瓶，特大號酒瓶，理也沒理。

我夠意思，我理兔子。我們倆輕聲地有一搭沒一搭胡扯，順便從沖咖啡的義大利高壓機將熱蒸氣沖進威士忌杯，我幫忙擠半顆檸檬。

帶花雨鞋坐在窗前，兩手捧熱騰騰的酒，兩眼失神望著窗外。

當我離去的時候，大約八點半吧，瞄了一眼，帶花雨鞋趴在桌上啜泣，冰涼的眼淚。

「你安慰她。」

兔子揮抹布打蚊子：

「一個覺得愛情進入冷凍期，困在規律中；另一個覺得在規律中待太久，怕老屌發霉。媽的，你，和我，沒資格安慰別人。」

想必她看到那則有關狗屁靈魂的詩，因此當我走入雨中、走入寒風時，我想到，每個城市都需要一家靈魂酒吧，以便寄放迷路的靈魂。

關於女人對保險套的感覺

當六歲的小男生半夜起床尿尿，不巧見到父母做愛，對他幼小的心靈會產生什麼影響？

英國小說家格雷安．葛林在《布萊登棒棒糖》裡，一再敘述小流氓品基因為見到父母做愛，覺得自己受到冷落而悲傷，從此否定一切的性愛。我呢？猜想白目如我者，一定分不清老爸老媽在做什麼，抱枕頭硬擠到他們中間睡覺……

記憶裡沒這段，有陣子懷疑我爸和媽曾經做過愛嗎？

老爸關上書房的門，老媽坐在門檻對無聲的院子吐出灰白的煙。煙慢動作飄過廚房，飄過客廳，飄進書房門縫，如此，我誕生了。

小咪說過她的經驗，很久以前她媽和第一任丈夫已經離婚，她放學回家，見到門口多了雙陌生的大皮鞋，見到沙發上攤著西裝上衣與母親的花格子外套。她應該換下制服去補習，她卻說不出原因地往內走，花邊小內褲捲成麻花狀躺在「才」字形的男人長褲上。她扔下書包發出尖叫。

「掃興。」我說。

「我受不了。」小咪顫抖地說。

「受不了妳媽再談戀愛？」

「不是，那張床我爸睡過，我也睡過。」了解。

「妳媽後來嫁給這個男人？」

「不關你的事。」

輕輕撫摸她撒在我胸口的長髮，我握住她細小的乳房，再次挺進她濃濃的毛髮之中。

小咪吐出奇異的聲音，不是一般的「喔」或「啊」，像把肚子內積壓許多的氣吐出來，比較像嘆氣。

為什麼做愛時嘆氣？我從沒問過。

回家找以前的硬碟，和小咪不一樣，門口沒有陌生的女鞋，客廳沒有西裝或者捲成油條的內褲，老爸卻忘記關房門。

看到老爸做愛的感受很強烈，最先出現的是，沒想到老爸還會搞這套，隨即想起小咪的話，那是我媽躺了將近二十年的床。

原來床是一切情感因素的根本。

從未在意媽的再嫁，因為她新家的那張床和我沒有淵源，沒有感覺。對她的新老公沒有敵意，因為他從未在我面前與老媽做出任何親密的舉動。他似存在，似不存在。

爸則不同，他屋內的雙人床有歷史、有感情，有我許多回憶。

床上的女人，兩條腿從爸腹部兩側筆直上舉，腳板打直，精確地說，每根腳趾和天花板呈九十度，兩條手臂則牢牢圈住爸的脖子。

幾秒鐘之內，我看到這麼多撞擊大腦的畫面，居然沒有感想！

「對不起，」老爸站在院子裡看尚未開花的相思樹：「我聽到鑰匙聲，本來想推開她。」

「該對不起的是我。」我看他背著手的背影：「應該先打電話，要不然也該先按門鈴。」

「不，這是你家，你有鑰匙，不用按門鈴。」

我們不知該再說什麼，腦中忽然出現旅館，小咪迷信，進旅館房間前一定先按門鈴，免得看到不乾淨的東西。同理，回家得按門鈴。

其實我該有警覺，屋內傳出喘息聲，潛意識裡，我禁不住偷窺爸老是關得牢牢的門內世界。

撞見父母做愛是一回事，見老爸和別的女人做愛，怪怪的。

沒找硬碟，我退到門口穿鞋，老爸的聲音喚住我：

「誰？輝輝呀？」

我只好放棄鞋子，坐到門檻。記得我回了話，不記得回的是什麼話，難道我說的是：爸，你慢慢來？

「她不喜歡我用——用套子。」爸擠出話。

「喔。」

「一開始她就不喜歡，我堅持。」

「喔。」

「她年輕，可能想要孩子。」

「喔。」

「我不想要，老了，再說，已經有你。」

不用考慮我，我想說，你們想怎樣就怎樣，我已經很大了，說不定我高興和相差二十多歲的弟弟逛百貨公司，他坐在娃娃椅內，我一手推車一手插褲袋，吹個口哨，萬一有人問，我大方回答：「我小弟。」

「她不太能諒解，我又不方便明說。」

爸對我抱怨他的女朋友，還是以朋友身分尋求我的協助？

「你們決定結婚嗎？」我問。

「她提過一次，我沒正面回答。你爸老了，老得想到結婚沒原由地心慌。」

「爸，你沒老，而是你給自己的壓力太大，你對我沒有守貞的必要，我是你早已長大的兒子。」

爸對著相思樹乾笑幾聲，他依然不肯面朝我說話。

「你怕我反對？怕我反對她？怕我從此不認你？爸，想太多。」

爸重複剛才的笑聲。

懂了，他不是因為我，他對未來不確定。

所以未來對任何年紀的人，都是無法確定掌握的東西，它的存在固然代表希望，也代表某種形式的壓力，逼迫所有人俯首做出不得不的選擇。

「最近見到你媽嗎？」

「嗯，她很好。」

「現在回想，那時她下決心離開——這個家，需要多大的勇氣。這幾天我一直反省，她把我照顧得太好，寵壞我。」

老爸這次對了，但他沒反省，於是又跳進另一個需要被照顧的輪迴裡。

「我猜你想罵我自私？對你媽自私，對你，我唯一的兒子，何嘗不自私。」

爸又對了一次，他今天去考試，一定考到榜首。

「不說了。」他終於轉頭看我：「我的問題，扔到你頭上，我仍然自私。」

我很想說點什麼，說不出口。說不出口的原因單純——說了也沒用，像他當年看我成績單的心情。

三十四歲的阿姨從廚房傳來聲音：

「喝綠豆湯，放一下午，涼了。」

我搭老爸的肩膀進屋，他遠比我想像的更老更瘦，手裡接觸到突出在皮膚下的骨頭，也許另一個女人能把他養肥點。

阿姨頭髮因汗水黏貼在額頭，從床上到廚房，沒有重新上妝的時間，為的是綠豆湯。她討好地盛滿一大碗綠豆湯擱在我面前：

「試試看夠不夠甜，這裡有紅糖，加點嗎？」

「甜，」我說：「阿姨，謝謝。」

她兩手在裙子上摩擦，大腿兩側，由上往下，一再摩擦。

我得學會一些事，例如打電話向老爸問安、約好回家吃飯的時間、進家門前按門鈴，學會跟老爸聊天的同時，也得與阿姨說些有的沒的。

離開空氣中飄浮的性愛氣味，我騎機車到市區另一頭，趁她男人上班，我打了手機，按了門鈴，坐進窗檯那盆花旁的椅子內，咖啡很淡，檸檬派很酸。

「他打算結婚？」

「可能。」我對媽說。

「人老了，找到伴是福氣。她人，不錯吧。」

「可以，會煮綠豆湯。」

老媽笑了，她右拳打在我胸膛。

「會煮綠豆湯算不錯？你喲，這麼便宜就被收買。」

我 LINE 小咪，晚上陪老媽吃飯，約會延期。她回了一句：當孝子厚，那我回家當孝女。

什麼時候起，父母成為我們的必要行程……始於他們的離婚？

「你爸結婚，請你當伴郎嗎？」

廚房傳來紅燒肉的八角和醬油香味。

「聽說當老爸的伴郎帶賽，單身一輩子。」

「胡說，你當你媽的伴郎呢？也帶賽？」

「我沒當妳的伴郎，我當花僮。」

鑰匙聲，她男人回來。見到我不驚訝，他舉起手裡的紅酒：

「來得正好，朋友送的酒，有你在，你媽不好意思嘮叨，只好任由我喝。」

顯然媽私下 LINE 他，為我買了酒。

「兔子，讓我請你一杯。」

「沒好事，拒喝。」

「兔子，當父母挺累的。」

「累？哪個女人被你搞得懷孕啦？我沒幹壞事，我不累。」

他摸懷裡的拿破崙：

「你看我兒子多乖巧。」

拿破崙嫌兔子手掌的溫度太高，硬是扭身跳到吧檯，抖抖毛，昂首一步步走過吧檯，趁客人開門，鑽了出去。

「果然在這裡。」

葉子的大皮包甩上吧檯。

「兔子，我快累死，啤酒啤酒。」

7 兔子酒吧之

男人的空間、空閒與空氣

兔子酒吧

坐在酒吧內吧檯前最靠裡面的那張高腳椅上，不是因為自閉，不是害羞，更不是擔心仇人突然闖入，兩把左輪的槍口頂得我太陽穴發麻，而是，一，離酒保兔子遠點，免得他沒事暗示我上個月欠的酒錢已嚴重影響他生計；二，靠廁所，每個女人不能不縮小腹閃過我的屁股，去，尿尿；三，男人有時候想一個人安靜一下。

真的，男人一個人沉思時未必滿腦袋男盜女娼，他們只不過找點空間、偷點空閒、透點空氣罷了。

這時男人可能和酒保兔子聊聊高雄氣爆事件之後的公共安全問題，可能瞄兩眼剛才進廁所短裙裙襬下白嫩嫩的腿，可能想起以前的女朋友，可能什麼都不想，腦袋放空，任由酒精麻痺。

如此而已，像現在兔子走來，他手裡的抹布鎖定細菌，狠狠朝檯面抹了又抹，並且冷冷地說：

「等小咪，等葉子？」

難道男人需要一點點清靜，屬於過度奢侈的貪心？

「有人到酒吧來找女人，來找酒精，找朋友聊天，卻沒聽過有人來酒吧找清靜。」他的抹布為什麼抹到我手背上：「下次我開間清靜酒吧，講話的罰錢，你覺得我會生意興隆通四海嗎？」

正當我躲開兔子，悶頭計算一旦與女人固定，接下來必須面對的購屋首期款與婚禮預備金時，有個女人的聲音在耳邊響起：

「一個人喝酒？還是等人？如果一個人，你不嫌寂寞？如果等人，從剛才到現在，你始終一個人，引人同情呀。」

她是心理醫生，沒事在酒吧裡找病人？難道她不知道，心病健保不給付，保險公司不理賠。她用塗著法式指甲油的食指畫過吧檯，最後停在我威士忌杯子滴落的一粒水滴上，一下子，水滴變成水漬。

「什麼星座的？一個人喝酒屬於魔羯座，一個人喝悶酒屬於金牛座，一個人喝悶酒還喝到半醉半醒猛點頭就屬於博愛座。」

我打瞌睡嗎？我得罪她嗎？她剛才上廁所留意到我瞄她的腿，很不滿嗎？

未經同意，她朝我旁邊的高腳椅上一坐，裙子隨即自動縮到大腿中央，很熟悉的腿，她的確上過廁所。接著她將鏤空的高跟涼鞋往腿上一翹。

「跟老婆吵架？被老闆臭罵？被條子開罰單？被剛才進廁所的女人罵色狼？被林志玲要嫁人的消息搞得失落？」

這個地球增加了地震、暖化、海嘯，從此沒有安全的地方。

「喔，一定是跟老婆吵完架離家出走，卻又不知道去哪裡。怕窩在旅館看色情頻道太孤單？嫌去朋友家，小孩子太吵？要是回爸媽家，老婆一定找得到？」

我很想這麼對她說：

女人需要口罩或者連生三個兒子，這樣，男人才有得救的機會。

她沒理會我的白眼，自顧自說個不停，內容很複雜，包括男朋友的劈腿、老媽的逼婚、辦公室內一堆天天偷瞧她腿的同事。只有一樁與我有關，她也提到高昂卻不高貴的房價，這是她對男友劈腿不爽的原因，若是順利結婚，房子的事就扔給男人煩惱囉。

兔子過來打岔，問我們要不要再來一杯，而且說的方式很上道：

「不請小姐喝一杯？」

都這樣說了，能不請嗎？

她將杯子碰了我的杯子——幹嘛，想砸了杯讓我再賠杯子錢？我也舉杯，兩人默默喝酒，然後她的食指又在檯面上畫呀畫，好像寫字，也好像畫張大千的山水。

「你懂為什麼『愛』要這樣『愛』嗎？」

喔，她不是畫山水，是寫「愛」。嗯，她想對我暗示什麼？我是不是該明白告訴她，我只愛新台幣？

「你看，『愛』的外面是個『受』，中間加了個『心』。」

So？

「意思是，愛要用心去接受。」

說得多好，難道要用肝、肺、脾，或是用腳去接受？

「對方付出的心，我得接受。我付出的心，他也要接受，才能變成愛。」

明白了，她不是心理醫生，是胸腔外科的手術醫生。

「偏偏你們男人全不懂，以為花點功夫追女人是必要支出，等騙到床上，即算平衡收支，如果還結了婚，算盈餘，從此省去甜言蜜語，每天下班回家坐在飯桌旁享受愛就可以。坐久了屁股麻，出去追另一個，再回家坐下等著被愛。呸，什麼東西！」

她在罵她男朋友，還是拐彎抹角罵我？奇怪，她是小咪的同學、同事、同鄉？沒見過她，也許她見過我，見我沒帶小咪，一個人窩酒吧，以為我想幹什麼非法勾當，跑來警告我？她以為自己是巴菲特，當我是買什麼賠什麼的可憐小股民？

「不是等老婆、女朋友？真的一個人？算你運氣好，我覺得悶頭一個人喝酒，透點成熟感。請我喝酒，算憐香惜玉。偷看我的腿，男性荷爾蒙分泌正常。聽我囉唆半天，既沒接嘴也沒回嘴，很懂事的聽眾。要不要換個地方再喝兩杯？」

兔子又來打岔，他朝我努嘴。什麼事不好說，把嘴努得像希拉蕊，掛汽車鑰匙？

當沒看見。

他繼續努，我忍不住：

「你不煩呀。」

「小咪來電話。」他吼著說：「明天是她媽的生日，上星期叫你訂的蛋糕訂了沒？不要草莓的，你未來丈母娘愛巧克力的。」

女人呀，總在不恰當的時候出現，尤其男人才消失一分鐘，她們就以為男人搞外遇。前前前女友巧巧怎麼說的？寧可錯殺，不可錯放？……好像是曹操說的，也許曹操抄襲巧巧的說法？

指甲邊緣漆成白色半月形的食指又抹到我杯子旁，居然彈了我杯子一下，「叮，」意思是杯子空了，得加酒？不，她說：

「Sometimes I love you，sometimes I don't。要是可以這樣，你們男人快樂死。啊，我早上愛你，晚上愛你，能不能讓我半夜喝酒的時候不必愛你！」

她是詩人？

她是女人。

「有女人的男人，早點回家，別忘記明天的蛋糕。」

說著，她夾起包包，踩著高低不一的步子走向酒吧那扇掉色、斑駁的木門。我見著緊繃在裙子裡的小屁股，忽然想到，該死，忘記哪家蛋糕店了。

女人永遠不明白，男人有時需要一點點的空間、享受一點點的空閒、並設法呼吸兩口新鮮空氣罷了。

喔，那個女人？以後沒再見過她，但我相信，她應該從小咪的來電得到深刻的醒悟：

不要給男人任何空間。

這樣她的男朋友或許不會劈腿？曹操也就不會放走關雲長，白白損失守五關的那六名將軍。

真的，男人有時進酒吧，就要一杯酒和幾分鐘的無所事事罷了，而且不是每個男人都叫曹操。

Sometimes I love you，sometimes I don't。多好，世界大同。

關於小咪老媽的生日

小咪是個不錯的女孩，比起之前的歷任先烈先賢，她體貼得多，雖然胸部小了點，不過和胸小的女孩做愛感覺清爽。以前巧巧採上位時，她的34D晃得我差點暈床。

和小咪交往一年，卡在結不結婚之間。她清楚我不可能再回老爸家住的決心，算得出我不吃不喝五年後才付得出房貸頭期款。至於她，父母都老師，擔心日後領不到月退俸，不到五十五歲搶著退休，日子過得舒服，可是若說替女兒買房，仍沒那麼有規模的積蓄。

我們算過，買到林口也要一千二百萬，頭期款三百萬跑不掉；別說三百萬，我連一百萬都湊不出。

她媽媽暗示過，婚後我們可以跟他們一起住。小咪不願意，我不同意，才逃出老爸老媽的糾纏歲月，怎能再進岳父岳母的牢籠？

她爸人好，話很少，成天爬山；她媽對任何花體力的事一概不感興趣，喜歡與以前的同事參加旅行團到處遊山玩水。我去她家吃過三次飯，見她媽罵她爸合計七回，說的無非是「我替你做了十多年的飯，可以退休了吧？」、「你玩你的，我玩我的，各走各的，少囉唆。」、「又是誰忘記拖地，今天星期幾？值日生是誰？」、「成天爬山開同學會，當我不曉得，懷念你們班的小碧？去呀，沒人攔你！」

提蛋糕進小咪家，客廳內傳來她媽的聲音：「今天我生日，少惹我生氣。」

小咪要我別進去，吃巷口的日本料理，蛋糕一併帶去。

小咪挽著我的手問：「如果我們結婚，以後會不會變成這樣？」

無從回答起。

照例飯吃一半，開始討論有關結婚這個娛興節目。

「你們挑日子沒？」咪媽單刀直入：「我看年底，房子的事別煩惱，我把大房間讓給你們，我睡小咪的房間，她爸睡另外一間。」

不知怎麼是好，小咪一如往常，攔胡：「還沒決定，媽，妳能不能別管。」

「我不管誰管，妳爸神經退化、大腦故障，他能管嗎？」

咪爸難得動了脾氣，放下筷子轉身出店。小咪追出去，留我聽訓。

「死老頭，退休不曉得帶老婆出去玩，成天窩在山裡，他住到山裡去好了，要老婆做什麼！」

小咪轉回來囑咐我出去接班，她和繼父談不了心事。

咪爸站在店外雨棚下：「有香菸沒？」

我陪他抽，誰也沒開口講話，抽，連抽三根，咪爸在他娶咪媽那年戒菸，他看著指頭間的第三根菸：「我看，抽菸未必是壞事。」

一頓生日宴吃得索然無味，小咪不肯回家，公然隨我回去。她第一次讓父母知道她在男人住處過夜。她火了，她進入新一輪叛逆期。

第一次做到一半自然中斷，她乾涸得如七月底的濁水溪，顯然心思仍留在父母身上，應付地哼哈兩聲。我沒法子假裝高潮，因為它軟了，抽呀送的，居然能在女人體內愈來愈軟。和射出來後的軟不一樣，它，單純地軟掉。

「現在我們就這樣，以後怎麼辦？」她一手捂住我腿間不爭氣的東西：「軟成這樣！」

哪知？以前我從未半途而廢，難道到了吃威而鋼的年紀？

「你覺得是因為我爸媽吵架，還是我們的感情淡了？」

「你爸媽的關係吧。」

「……你猜我爸媽多久沒做了？」

「你問我？」

「兩、三年吧，我媽說更年期提早到，就是我爸沒常跟她做，上床不到三秒鐘立刻打呼，所以她吵著要分房。好可怕，害我不敢想未來。」

我謹慎地保持沉默，父母對子女的影響太大。

「跟你說過我撞見我媽和男人在床上的事吧，男人是我現在的爸，很難想像他們當初那樣，現在這樣。」

小咪的確說過這件事。她媽離婚不久，和現在的咪爸同校同事，久旱的兩人遇大雨，一發不可收拾。現在不做愛了？

「如果我們結婚，你想住到我家嗎？」

我沒回答。

「跟他們住一起會發瘋！」她提高嗓子。

不住她家，不住我家，突然想到大學時電影社團看的一部舊好萊塢片，《我倆沒有明天》，男女主角Bonnie和Clyde是對江洋大盜，到處搶小鎮的銀行，享受今天，不在乎明天。若是有個女人肯隨我這麼流浪，大概比結婚強五百倍。

我把電影故事說了，預料小咪的反應應該很激烈，她喜歡一切按照規則進行，痛恨不確定的行程。出乎意料，她側過身抱住我：

「聽起來不錯，這樣好了，我們不買房子，租房子，每兩年換一個地方。」

「搬家很累。」

「沒關係，重的東西放家裡，要用再回去拿。」

聽起來這主意不錯，雖不搶銀行，但能到處流浪，省下錢買輛好車，一放假四處玩玩。「那，什麼時候結婚？」

她沒回應，在我胸膛睡著，嘴還張著。

我睡不著，很多事需要思考，最大條的，我真的和小咪失去做愛的興致？或僅僅今天不順而已？

手機抖了幾下，難得老爸傳來訊息：

「星期五陪我去醫院檢查，血壓有點高，不要讓你阿姨知道，女人，煩。」

真是爸傳來的？他嫌女人煩？不是才剛熱戀？

小咪睡得沉，我小心起床，傳了留言進她的LINE，騎車到兔子店裡喝杯酒。拿破崙躺在店門口的圓桌上，爪子抓抓臉頰，以為牠向我打招呼。

週日生意清淡，該回家的回家，不回家的得假裝回家。兔子滑來一杯威士忌：

「葉子剛走，沒見到你，看不出她是否失望。」

學拿破崙用指頭在鼻頭抓抓，我問兔子：「上次你說的，愛情他媽的有期限嗎？」

他朝我翻翻眼白：「你是指保鮮期？有效期？」

「保鮮期的話？」

「三、五年囉。」

「有效期的話？」

「不知道，沒談過發展到有效期的戀愛。」

「愛情沒有有效期。」

角落的林伯朝我舉舉杯，沒發現他在店裡。

「愛情最後轉化為親情，」林伯笑著說：「不過，這種親情比父母和子女間的淡，沒血源關係的不長久。如果發展出友情，比較容易長久。」

林伯結過三次婚，他的話不能算數，僅供參考。

「你爸戀愛談得怎樣？」兔子難得展現近似親情的友情。

「看來不錯，我星期五陪他去檢查身體。」

兔子吹聲口哨：「婚前健康檢查，好日子近了。」

「有了女朋友，他擔心血壓高。」

林伯又插嘴：「提醒你爸，吃降血壓的藥會不舉。能不吃最好別吃，少吃紅肉多運動。」

想到送爸的保險套，我們父子會不會有天互送威而鋼？

「有心臟病不能吃威而鋼。」林伯喊。

他有讀心術？

無影貓．台南鹽田

從台南搭上興南巴士一路往南鯤鯓，沿途上下的乘客幾乎都在六十歲左右，而且似乎彼此熟識，一上車便開始聊天。我是陌生人，縮在最後一排的角落。七股站下車，附近全是農田，正不知該往何處去，忽然聽見擴音機傳出聲音：「剛捕撈上來的虱目魚，一斤五十元，魚頭一個兩元……」怎有如此便宜的魚？若是買十個魚頭回去，豈不能燉出好大一鍋鮮美的魚湯？聲音是從不遠處的小廟傳來，有些穿汗衫短褲和拖鞋的老人家坐在廟前盯我。上前打聽後，我走進一條僻靜的小路，按照剛才那位老先生的指示，我只要筆直朝前，不久後會遇到魚塭、蚵棚、興安宮和一大片的鹽田，最後是台灣海峽。

一隻在強烈陽光下分不清顏色的貓從我面前竄過去，然後我見到一整排的攝影機腳架矗立在鹽田旁。

是了，這裡是台灣十大秘境之一，原本鹽田，近幾十年已廢棄，經過整理，可以看見碎瓦鋪成的田裡刻意堆成三角錐形的鹽堆，不過重要的不是鹽，而是傍晚時看著太陽落進遠處海峽的畫面。

到台南海邊的七股，不為夕陽不為鹽田，是為了一個叫小如的女孩，她去年失戀後跟父親說出去走走散心，從此十一個月沒有回過家，倒是定期打電話回去，對她父親說：「讓我再待一陣子。」

在這位父親的辦公室內，他握住我的手訴說，女兒不肯回來也不讓他去，據他對女兒的了解，若是突然跑去，恐怕她換了地方就連電話也不會打回家。

這是我的工作，說責任重大些，我得將小如從生死邊緣救回台北；即使輕鬆些，也得注意小如的安全並每天以照片和文字回報她爸爸。

手機內幾張小如的照片，她留長髮，露出嘴角甜甜的酒窩。十一個月後會出現多大的變化？

六點多，夕陽離海平面大約還有一個手掌，躺在四周蔭涼處的業餘攝影者陸續竄出，每個腳架後增加了在黃昏裡晃動的剪影。

這時身後的小店傳來拉鐵門的聲音，小咖啡館結束一天的營業，一對年輕男女提機車安全帽出來。會是小如嗎？眼前這位是否太黑也太瘦了點？女孩將她的包包與帽子放在涼亭內的石椅上，對跟在後面的男孩喊著：

「我去拍照，你幫我看著東西。」

男孩點起菸走進涼亭，我也坐進去，他朝我點頭：

「台北來的？不去拍照？這時候最好，你看，前面海堤上還有幾個騎自行車的人影，這樣前景是鹽堆，中景有騎車的人，配遠方的夕陽，機會難得。」

有道理，我沒相機，只好拿手機也擠進攝影人群裡湊熱鬧。

太陽逐漸落進海，一下子海面暗了許多，不過隨即泛起另一種色彩，金黃與淡紅的光芒打在仍蔚藍的天空雲彩上，有如浮在那兒的一條悠閒巨龍。

轉頭回去，男孩和女孩已要離去，他們各騎一輛機車，男孩對女孩說：「明天見囉。」

女孩點頭，不忘交代：「記得補咖啡豆。」

女孩的車子先離去，男孩望著她的背影，很久很久才緩緩駛離。

我將剛才的照片，夕照裡的女孩側面，傳回台北……奇怪，畫面上怎麼有個黑影？是那隻貓，牠怎地恰好飛過我的鏡頭？

管他。我繼續傳照片，並寫了短信：
找到一個已復原的女孩，和一個可能即將受傷的男孩。

8

兔子酒吧之

愛情未必未來，卻絕對曾經

「談戀愛非得有一方受傷嗎？」我問兔子。
「不見得，你遇上第一個女孩馬上求婚，傷害最小。」
「不是說經歷過失戀，才懂得珍惜？」
「管你珍不珍惜。」抹布扔來。「幫我搬酒去。」

三年前的冬天，我們擠在兔子酒吧為大丙辦告別單身漢的派對，那天他拼了老命喝，連賣酒的兔子都看不順眼：
「親愛的大丙恩客，老婆規定婚後不准喝酒，你婚前大量儲存？」
大丙之所以如此，有四個解釋：一，他老婆真的訂下婚後不准喝酒的規定。二，他為結婚感到興奮而喪失控制自己的能力。三，他體認到婚後再也不能同時交兩個以上的女朋友而悲傷到不能自己的地步。四，他天生愛喝，不管結不結婚他都喝。

可能還有第五個解釋，這天他喝酒不用付錢，他的趴，我們買單。

當然，三年前發生的事根本不重要，像小乖在夜風裡放了個屁，噗地隨風飄逝。

但三年後，我們在同一個地點又請大丙喝酒，這次他離婚。我以前只知道男女戀愛時的模樣，誰都知道大丙有口臭，他的老婆珍妮弗卻連大丙打個酒嗝都會眉開眼笑，而大丙更離譜，他能一整晚目不轉睛看珍妮弗鼻頭中央剛冒出的痘子猛說：

「珍妮弗，妳真美。」

算了，大家履歷都不好——不，應該說大家都談過戀愛，別太挑剔。

我不太清楚男女間分手時的仇恨可以到什麼地步。拿大丙來說，明明已和珍妮弗辦好離婚手續，卻說每晚做夢還夢到珍妮弗冷冷地站在他的床頭，嚇得他一身冷汗驚醒。

關於他們的離婚，有千百個理由，沒人搞得懂，小乖曾試圖當和事佬，徹底失敗。小乖是大丙結婚時的介紹人，在結婚證書上蓋過章，當他千辛萬苦找了大丙和珍妮弗在餐廳三頭對質，好好談談挽回婚姻的可能性時，據說他聽到一半，抽空進廁所把那枚圖章扔進馬桶，沖了。

莫理紅以前想當詩人，如今是保險公司業務員，他端著酒杯跑到酒吧外面吹冷風，然後回到吧檯說，男女之間像天氣，有春夏秋冬，起起落落，高高低低，熬得過冬天就能有春天，熬不過，凍死。

他到底說什麼？不過三十五分鐘後，我們明瞭莫理紅的意思，因為珍妮弗穿七彩格子風衣出現在酒吧門口，莫理紅請她來，可是珍妮弗並不知道大丙在，顯得有些驚訝，一度甚至扭頭要走。是我死說活說把她勸回來。我說，不就和老朋友喝杯酒？再說，離婚不意味離掉朋友。

做朋友很累，我們營造歡樂，我們製造氣氛，我們再躲到一邊，期待大丙和珍妮弗仍殘存若干未熄滅的火花，說不定產生鑽木取火的慾望。

眼看他們一杯杯的威士忌大口喝，一喝兩個多小時，我本來想先閃，小乖拉住我，他擔心萬一大丙和珍妮弗打起來，得有人勸架。莫理紅更想溜，被小乖拉住，他擔心大丙喝醉，得有人扛大丙回去。到了凌晨一點，小乖也想逃，這次我們三個被兔子攔住：

「把兩個醉鬼留在店裡，我怎麼辦？我賣酒，不是搬家公司，你們負責送他們回家。」

好吧，我們陪到底，看大丙和珍妮弗一下子笑，一下子哭，一下子摟在一塊兒，一下子脹紅脖子想把屋頂給掀了。莫理紅說：

「春夏秋冬一個晚上在酒吧裡全本上演，好齣人生連續劇。」

終於珍妮弗先走，她離去時湊上嘴在大丙的臉頰留個吻。大丙作勢抱她，珍妮弗輕巧地迴旋躲開。

大丙的腦袋幾乎沮喪到垂至褲襠，我們上去問他怎麼了？大丙的視線彷彿失去焦距地在地板上游蛙式。他沒說話，空氣悶得要命，好像有人在屋內生了炭爐——沒火，倒窮冒煙。

許久許久，大丙回過神，向兔子要杯酒一口乾盡，他咂咂嘴聳聳肩：

「我差點忘記自己曾經多愛她。」

什麼話？到底能不能和珍妮弗復合啊？大丙不再回答，莫理紅則感傷地說：

「曾經勝過不曾經。」

我說：「都神經。」

小乖喊：「再來瓶酒，我受夠你們，喝死算了。」

兔子插話：

「喂喂，你不是說小咪跟你在鐵皮屋裡同居？都幾點了，不快回去。」

恍然想起不肯回父母家的小咪，正要走，兔子追了句話：

「愛情，你他媽的冀望未來，懷念曾經。幫我把拿破崙抱進店，打烊！」

關於某種無從衡量的告白

約了葉子在酒吧見面，她居然一進門趴在吧檯便側過臉給了我一啵。

兔子低頭洗盤洗杯，洗得皺眉。

「想我吧？」葉子說。

當然想，以前從未遇過明明做過愛，又如此陌生的女孩。

「想。」我點頭。

說的同時，我用力忘記小咪，告訴自己：我還沒結婚，應該仍保有選擇權。

她兩手環住我脖子：

「最喜歡人家想我。」

她馬上又鬆開手，開始對兔子撒嬌：

「兔子，我好久沒來，你請我喝什麼？」

「要喝我這個月的紅字帳本嗎？」兔子拿起酒瓶：「妳今天不適合喝啤酒，弄杯特調賞妳。」

他請葉子喝特調，為什麼不理會我空了許久的酒杯？

「我覺得你我的關係太簡單。」葉子看著兔子調酒卻對我說話。

「簡單？」

「對，簡單。你還沒請我看電影，沒請我吃飯，你連我的 LINE 也沒加。」

來不及回答，她已經問兔子：

「兔子，最近有什麼電影好看？」

「問道於盲。我像是有空看電影的人？」

葉子拿起手機搜尋電影。

戀愛有其儀式，電影、吃飯、牽手、告白、上床。

和葉子怎麼倒著來？照理來說上床之後也有其儀式，和對方朋友唱 KTV、上床、和我方朋友喝酒吃麻辣鍋、上床、討論結婚、上床、討論房子、孩子和未來的婆婆，然後結束。

「找到我要看的電影，看完你請我吃飯。」

兔子嗆到，猛咳嗽。

「吃完飯到兔子這裡喝杯酒。」

兔子不咳了。

「兔子，如果你賣餐，我們一定不去別的地方吃。」葉子啜口不要錢的調酒。

「好啊，兔媽水餃配我秘方煮的滷味。」

「水餃不浪漫，打槍。」

兔子招呼其他客人去了。

「我先講清楚，對任何男人，尤其睡過我床的。你見過我爸媽和小弟，不要指望我結婚後會搬出我家。」

她看看我：

「以上是我的告白，請別介意。」

我搖頭，但我仍得說：

「沒想那麼遠。」

「誠實。」她一拍吧檯：「其他男人敷衍，只有你，阿呆，沒敷衍，說得夠血淋淋。」

「不誠實，」我喝酒壯膽：「現在輪到我告白，除了那晚我喝多講的家事、國事、天下事，有件事沒講。」

「你結婚了？」

「不，依然單身，可是有女朋友。」

她認真地看我，認真得像拿殺蟲噴劑找櫃子下面蟑螂的女人。

「很好，所以你跟我玩玩？」

「絕沒存心玩玩，那晚是意外，可是現在我有點徬徨。」

「因為選擇而徬徨？」

「為很多事徬徨。」

我說了和小咪間的事，關於她父母，關於我父母，也關於未來。說了很久，說得兔子猛打呵欠。

「最後，我必須承認我是個複雜的人。」

「還好，普通複雜而已。」她沒棄我而去。「你的問題追根究柢，只有一項——

你沒有房子。如果有房子，大可逃開她的父母、你的父母，快樂和小咪兩人過日子——別把我算進去，我的立場堅定，想娶我的男人得嫁進我家。」

「葉子，」兔子插嘴：「妳這樣太不留餘地，哪個男人敢娶妳？」

「不見得。」葉子一把抓住我領口：「你說，你見過我爸媽，見過我小弟，吃過我家早飯，還和 Jane 睡了一晚，我家不正常嗎？」

「Jane？你們搞3P？」兔子羨慕裡夾帶百分之三十的嫉妒和百分之五十五的仇恨。

「我的貓。」

「喔，母的？配我家拿破崙。」

「除非拿破崙同意嫁給我們 Jane。」

兔子閉嘴，他想去招呼其他客人，偏酒吧只剩下我和葉子。

「而且，」葉子盯住我，像盯著因吸入大量殺蟲劑而中毒掙扎的蟑螂。「住我家，你不必為房子的事煩惱。」

事情怎麼又進入倒因為果的逆循環？應該先戀愛、再做愛、再房子、再結婚，被葉子說成先做愛、再房子、再結婚、再戀愛。

「好吧，阿呆，看你老實，我明說。不是不想不顧一切去戀愛，而是以前受過傷害，學會現實了。」

葉子和前男友談了三年的戀愛，結婚前，兩人在新店找到能供得起的房子，正為築新巢而興奮，沒想到對方母親聽說兒子要搬出去，即日起不跟兒子講話，葉子父親無巧不巧，小中風住院。

「想太多。」兔子再次插嘴。

「就為了將來妳老公住妳家，妳把男人全先帶回家？」輪到我問。

「不，呆先生，你是我帶回家的唯一男人。」

「阿呆，沒想到你這麼帥，讓我們葉子一見鍾情。」兔子用食指刮我臉頰。

「這回你們別想太多，他喝得人事不知，兔子你見死不救，一個勁急著打烊，我不能見死不救。」

「那麼那天晚上……」

「那天晚上我睡客廳，Jane陪你睡的。」

說完，葉子賞我和兔子各一個啵，抓起包包，甩呀甩地走了。

我和兔子大眼瞪小眼，現在問題大了，明明第二天早上我沒穿褲子，可是也明明沒找到保險套，明明記得葉子乳房下有塊銅板大的胎記，難道我作夢？

兔子聽完我的陳述，他一拍額頭：

「要不要去她家再看看？」

「看什麼？」

「看 Jane 有沒有胎記。」

我沒買單便走了。

葉子是西北風，沒頭沒腦吹來，不明不白消失。我走在羅斯福路退酒，已經好幾年，夜裡過九點，到公館之前，整條大街難得見到個人。

手機響，是小咪，和葉子一樣，今晚是告白之夜。

「問你，我爸不是我親生爸爸，他老了以後，我有責任養他嗎？」

多波折的問題。

「可是我爸對我很好，怎麼覺得我養他比養我媽更重要？」

小咪鑽牛角尖，我幾次想打斷她，不過她沒給我機會。

「萬一他們離婚，我以後和我爸是什麼關係，一直叫他爸，他並不是我親爸，離婚之後父女關係是不是斷絕，要叫他阿北還是阿叔？」

「為什麼想這個問題？」

「剛才他們又吵架，我爸開車出去，如果他不回來，我媽應該不會去找，我是不是該去找他？」

矛盾的小咪，她親生父親去了大陸後沒再回來看過她，上帝沒有忘記她，賜予一個台灣排名第一的繼父。她的房間裡只有一張親生父母和幼稚園的她合照的照片，但有許多和繼父拍的，從小學、國中、高中，瘦長的咪爸以同樣的一號笑容靦靦地站在小咪身後。

「找回來呢？我解決不了他們的問題。小輝，我們老了會不會變成這樣，變得沒有耐心，變得每天找對方的缺點？」

無從回答起。

「還是我都不要管，直接搬到你那裡去好了。」

「計畫提早？」

「什麼計畫？」

「結婚。」

「不要，現在想到結婚就累。」

「那……」

「等等，汽車聲，我爸回來了。再聊。」

往前再一公尺是台電大樓站，我至少走到公館，彎去看看老爸？不，他早喝過熱牛奶上床了。

他一個人？

關於我爸的決定

爸找我吃飯。

沒見到阿姨，爸從巷口館子叫來烤鴨、豆乾肉絲與三樣青菜。

「好久沒吃烤鴨，真是的，忘記請你女朋友一起。」

安靜地吃飯，安靜到我能聽見嘴內咀嚼鴨肉的聲音。

「阿姨呢？」總得有人開口。

「前兩天，」爸若無其事地回答：「我們攤牌，年輕人怎麼說的？告白？」

告白和攤牌差很多，不過，沒差。

「她對未來有很多期望，房子老舊，她想重新裝潢。」

「的確舊了。」

「她希望把你的房間改一改。」

「好呀，找天我把東西清好搬出去。」

爸的筷子停下。

「你是我兒子，你不用搬。」

原來是為了我。

「她說萬一以後有孩子，要嬰兒房。」

爸再捲起荷葉餅，他捲得很慢，一如他的習慣，先一片鴨皮，再一片鴨肉，捲成春捲模樣。

「我這把年紀，哪來力氣養孩子。她說她自己養，罵我自私。」

大人的事，我無從接話。

「她就走了。我想，年紀到底差太多，代溝。」

不是代溝，是對未來的期望不同。

「另外還有個問題，記得吳伯伯吧？」

「爸以前的同事，他不是退休了嗎？」

「上個月過世。」

爸停頓許久，小口小口咬起他的春捲烤鴨。

「吳伯伯三個兒子兩個女兒，留下兩棟房子，三個兒子要分，兩個女兒堅持媽媽還在，不准分。沒想到小兒子私下賣了一棟，他說這幾年由他養爸媽，該他的。大兒子和二兒子不高興，要你吳伯母把剩下一棟先過戶給他們。三個女兒呢？大兒子主張一個女兒分十萬。你伯母呀，哭得躺進振興醫院，我去探病才知道。」

「怎麼辦？」

「人家的事，我外人出不了主意，倒是想到你。我沒兩棟房子，就這一棟，萬一我結婚，萬一我有個什麼，房子該歸誰？人死不能留個尾巴讓後人傷腦筋。」

「爸，你想太多了。」

「聽我說完。我去你房間看了看，她對，房子是需要好好整理，我想把書房清掉，大房間讓給你，我去你房間。你有女朋友，該談到終身大事了吧，住家裡方便。」

他對我笑：

「如果你們不嫌棄的話。」

叫我怎麼回答呢？他一心想把房子留給我，也可能想重新建立父子感情。他終究想太多。

「爸，替你自己想，你快樂我就快樂。」

「哈哈，你不曉得，從計畫改房子起，我快樂得要命，這輩子沒那麼快樂過。」

他放下筷子，進書房拿了張藍圖：

「設計師是我學校的小古，說包他身上。你看，廚房改成這樣，全部歐式廚具，你女朋友一定喜歡。院子除了雜草，小古主張種兩棵櫻花樹，每年春天不必去外面賞櫻。」

那頓飯吃了很久，爸對著藍圖說不完。他一輩子對我說的話都沒這晚多。

「我瞭。」兔子送我十顆兔媽的餃子。

「瞭個屁。」

「你作為兒子，四十五分，重修。你爸的興奮不是因為請你這個寶貝兒子回家，而是他開始享受單身生活囉。」

「單身生活？甩了阿姨，多交幾個女朋友？你不了解我爸，他被我媽照顧習慣了，怕煩。」

「阿呆，你再次錯誤。你爸的單身和你精蟲穿腦搞了小咪再哈葉子不同，他想過一個人單純的日子。」

「證據？」

「你不是說他為重新裝潢家裡，興致勃勃嗎？他想過他的日子，家裡一桌一椅都按照他的意思決定。」

「這叫證據？」

「哎，你不懂男人恢復單身的感覺。」

「你懂？」

「比你懂。」

我吃兔媽的餃子，兔子是個屁，成天等台南兔媽寄糧食，他懂單身？他根本靠媽男！

「如果不小心、不慎、意外、雷打到你屁股，兔子，我爸享受單身，我能搬回去住嗎？」

「當然不能，死靠爸族；也當然能，得讓他享受個幾年，你再搬回去，再讓他享受有孫子孫女的另一種幸福。」
「好事全歸我爸，接下來的人生我專業彩衣娛親？」
「對，阿呆，你天眼開啦！你對你爸不是壓力，你那位阿姨是。」
我吃餃子，我LINE小咪，問她要不要來兔子店吃餃子。她回一段落落長的文字，最後一句嚇得我幾乎被韭黃牛肉餡噎到。
「他們又吵，我媽說她要離婚，以後跟我相依為命，看樣子如果我們結婚，你要住我家了。」
現在女人都怎麼了？她們為什麼不乾脆比武招親！
「爸，你和阿姨分手了？」
「談不上分手，不再那麼親密而已。」
「別考慮我的因素，你不期望再婚？」
他替我捲了個鴨肉春捲。
「太累，我是說我累，跟我的人可能更累，何苦！」

「以後呢？」

「再教幾年書。你爸英文不差，歐洲有學校和我談了幾次，希望我去教中文，現在中文熱呀。」

「阿姨知道？」

「知道，弄得她有點急。」

「急結婚？」

「差不多這個意思。」

「你不願意帶個女人去歐洲教書？」

「說過，我老了，沒力氣照顧別人。」他笑：「你看看，我多自私。」

原來愛情走著走著，會走向各自打算的自私路途。

「這也是我說你結婚就搬回家，兩年後說不定我去歐洲，你們小倆口自己過日子。」

「單身赴任，爸，你酷！」

爸笑個不停，才出書房，立刻海闊天空去流浪。天下好事都掉到我爸頭上。

喔，我收到阿姨的 LINE 訊息，想找我聊聊。沒回，我能聊什麼？是老爸的人生，他的決定。祝他幸福快樂。

說實話，我不很喜歡綠豆湯阿姨，她太急著管理，管理我爸、我家、我。女人天生愛管理，可是我很怕被管，這點，媽瞭，現在，爸也瞭。

9 兔子酒吧之

讓男人遺憾的女人

男人屬於極端無聊的動物，像是七歲時上學途中踹一條野狗，結果小腿肚子差點讓狗狗開飯；像十二歲時去掀隔壁班小美的裙子，結果被老師臭罵加罰站、被老爸關進廁所還沒晚飯、被小美的大哥揍黑了一隻眼還被五個女生笑活該。

對，男人無聊，當無聊的男人無聊時，兔子的理論：該進酒吧喝一杯。

像是上個星期莫理紅抓我去喝酒，喝了五個小時後我才知道他失戀，想安慰他時，老小子早醉得忘記究竟跟誰失的戀。

像今天晚上找我的小乖，他喝了三瓶啤酒、半瓶威士忌後，大著舌頭問我：

「喂，如果你二十歲時候的夢想突然破滅，怎麼辦？」

我連他二十歲的夢想是個什麼屁夢都懶得問，直接回答：「喝酒。」

小乖說，早在二十歲生日當天晚上，他發現自己有個大問題，當他每次和女朋友親熱時，奇怪，總是浮現他十八歲初戀女友的臉孔，小乖的形容是：

「反正我就看到她那張臉，白白淨淨、齊耳的短髮，她瞪我，睜大兩眼瞪我。」

我說我也有過性幻想對象，每個男人都有，卻沒聽說過誰找個會瞪人的女人當對象。

屢試不爽，小乖說，他數著手指頭說，至少交過七個女朋友，每次都看到初戀女友的臉，沒有預期地「砰」跳進他的腦裡。而且平常他從未想起那張臉，睡覺時不會想到、半夜醒來也不會想到。有天他覺悟，既然老是在那種時刻想到那個女人，必然是天命真女，註定的新娘，他要找到她。

不同意，我說小乖一定做過對不起那個女生的事，否則他怎心虛到每和其他女人親熱便見著初戀女友瞪大眼珠子的臉。小乖反駁，他連那女生的手都沒牽過，從何對不起她。

女孩是小乖中學同學，相隔多年一定早嫁人了，說不定子孫滿堂，去找她不是給人添麻煩。小乖不理這套，他認為那個女人會等他，否則他不可能一再得到老天的啟示。

小乖興匆匆去銀行提出存款跑去澳洲探望他的夢中情人，對方真沒結婚，之前的電話連絡中也對小乖充滿期待，在雪梨機場——據小乖酒後的陳述——兩人馬上認出對方，並且抱頭痛哭。

相處三天，小乖就想溜了，他說，怪了，從第一天抱初戀女友上床起，親熱時他腦中反而冒出另一個女人的臉孔。我問是誰？

「是我為了去澳洲找初戀女友，不能不分手的那個女人。」小乖說：「邪，為什麼和她在一起，總想別的女人，等到和別的女人在一起，又想到她？」

「不是邪，」兔子不屑地說：「這叫賤。」

有天小乖趁雪梨女友去買菜，他提起行李便飛奔機場，逃離他那二十年的夢幻。

我認為小乖的行徑卑劣，不論是不是夢中情人，兩人的感情怎能三天就結束。小乖哭喪著臉，他也不想當負心漢，但除了愛情之外，其他的都無從相處起。

他舉了個讓我不再追究的例子：

「第一天晚上她問我有沒有帶保險套，我說沒，她說沒關係，拉開床頭抽屜，裡面有兩盒，還都 XL 的。」

小乖喝醉倒在吧台，兔子求我把小乖扛回家，免得佔他一個座位。不行，我得思考。我說，小乖的故事給我三個啟示：

一，不要相信夢裡面見到的女人，身邊的這個才真實。

二，或許夢中的女人可以相信，但澳洲的就不必相信了。

三，隨身記得帶保險套，免得自尊心受損。

兔子拿抹布擦檯面：

「你們幾個是本店開張以來最無聊的人，以後喝酒打八折，但不得待兩個小時以上。」

「為什麼？」

「煩！」

我努力思考，我對過去的戀情有失落掉什麼嗎？有讓我後悔到晚上回到家掉眼淚的嗎？奇怪，我怎麼突然間想起小學老師？那年她剛畢業，穿件碎花裙子走進我們教室，還沒說話就臉紅到手指尖。

對了，我第一個暗戀的對象是小學五年級的那個老師，可惜她後來從沒出現在我夢裡，以至於我根本忘了波濤洶湧的初戀。不過那是懷念，不是遺憾。令我遺憾的女人則是——

兔子神不知鬼不覺回到我面前，他以一九三的壓力，重重呼我後腦門說：

「令男人遺憾的女人只有一個，跟你結婚的那個。讓男人期待的女人也只有一個，下一個。」

咦，兔子這話是什麼意思？究竟是我醉還是他醉？究竟我無聊還是他無聊？

結論——酒吧，無聊。

我扛小乖回家，死沉死沉的，看樣子非閃了腰。想起小乖的妹妹，大家叫她乖妹，她不乖，她愛穿Converse短版紅鞋、緊身牛仔褲、T恤。認識小咪後我約過她幾次，連續三振，她好像認定凡她哥的朋友沒一個好東西。

小乖父母早移民美國，只兄妹倆留在台北，住幾十坪大豪宅。乖妹在家嗎？如果我再次開口約她呢？

奇怪，阻止我繼續想下去的不是小咪，而是咪爸，他站在餐館前一口接一口抽菸，抽得半個台北的天空為之陰霾。

我拖起死沉沉的半屍體：

「乖，走，回家，別擔心，我們都會有下一個。」

兔子吼聲傳來：

「瞎了眼的那個。」

路易·專治寂寞的黃貓

老人躺在床前的地板上，警察拎起毯子朝他一扔，在這個熱騰騰的夏天，怕老人家死了以後感冒？

渾身淺黃色毛的路易不知從哪兒鑽出來跳上毯子，牠喵了幾聲，不見老人回應，竟像平日趴在老人腿上般睡直身子。

「你是？徵信所的？」刑事組老劉一口菸噴在我臉上：「說說你和老先生的關係。」

半年前老人找我，給的酬勞很高，條件是我得每星期去探望他一次，最好星期一。他說：

「我年紀大，說不定哪天死了，沒人知道。星期一巷口菜市場休息，最寂寞。」

沒問市場休息和寂寞有什麼關係，反正我每週一上午十一點提著永康街的生煎包和兩樣小菜拜訪老人，陪他吃中飯、看看電視，再替打盹的他蓋上毯子——對喔，我也替他蓋過毯子。

「不是怕死，是怕牠。」

老人看看腳邊的黃毛老貓：

「萬一家裡沒食物，電視新聞上不常有，養狗的人死了，被餓肚子的狗咬得屍骨不存。路易咬我沒關係，擔心牠吃腐敗的人肉，不消化。」

為什麼牠叫路易？

「你沒見到我女兒拎牠來的模樣，臭髒不說，身上掉了好幾處毛。我找寵物店先代養一個星期才送回來。」老先生說得喘不過氣：「怕牠靠垃圾過了不知多長日子，希望牠以後路走得容易些。」

平常路易喜歡賴在老人腳邊，我來的時候，則窩進廚房的竹籃子裡。我有垃圾味，勾起牠不堪的回憶？

老人太寂寞，找偵探陪他打發寂寞的星期一，順便救濟收入有限的偵探。

他的兒女早成家，老人白內障手術沒開好，近乎半瞎，女兒替他聘了位印尼看護阿雅，二十一歲。一老一小，日子過得愜意。

「我不挑吃，阿雅上午推我到公園，扶我走走路，傍晚再推我到公園，和鄰居下雨盤棋。」

聽起來的確不錯，不過有天女兒來探視，老人睡午覺，一旁躺著阿雅，事情便麻煩了。

老人九十二歲，視力不好之外，心臟裝了幾個支架，膝關節換了不鏽鋼的，仍不良於行，要說他和阿雅發生關係，大概沒人相信，況且兩人的睡姿大約是老人四平八穩躺在床中央，阿雅縮在床尾。若由我判斷，阿雅可能累了，不小心在老人腳旁睡著。

壞在兩人睡姿如此，老人的右手卻牽住阿雅的左手。

老人六十三歲的女兒判斷得很離譜，指責她爸老不要臉，竟和可以當他孫女的阿雅姘上。

問過樓上的黃媽媽、樓下的錢阿姨，異口同聲：「妳爸和阿雅親熱唷，坐在輪椅上也牽阿雅的手。」

女兒不能容忍老爸爸傳緋聞，當場辭退阿雅，轉而請錢阿姨家的外籍看護就近照顧，她不知從哪兒找來一頭老貓塞進老人懷裡：

「養養貓培養性情，爸，少胡思亂想。」

從那天起老人不再說話，除了我：

「小夥子，你很聰明，到時候你自然清楚該怎麼做。」

他看得出我聰明，意思是萬一某個星期一他不動了，我懂得找葬儀社？吃生煎包看電視吧，直到這天刑事組來電話要我趕去，因為老人的手機裡有七個號碼，兒子的、女兒的、醫院的、市場外送歐巴桑的、巷口水餃店的、計程車行的，還有我的。

哎，面對老人的屍體，有種說不出的愧疚，鄰居先發現老人死亡。他為什麼不挑星期日死，讓我星期一發現呢？

站在門口看警察勘驗完現場，檢察官簽了自然死亡的證明書，老人的白髮兒女一臉慌張撲進屋來。兒子對著屍體發愣，女兒則跪在毯子前大哭。我想做點什麼，不知該做什麼。

殯儀館的人將老人抬上車，兒子隨車一起去辦後事，女兒清理室內，她對空床發了很久的呆，才將床單包起被子與枕頭，紮得很緊，看樣子打算扔進垃圾場。接著她打開臥室窗前書桌的每個抽屜，小心檢視裡面每一樣文件，包括我與老人簽的合約。

「你是誰？葬儀社的？」她見到我了。

「我是，」小心從她手裡抽出屬於我的合約，「這張合約上的星期一偵探。」

「合約結束，」她撕了那張紙，「多謝你這些日子陪我爸。」

點點頭，看樣子我不能再賴下去。到門外繼續站著，說也奇怪，老覺得合約不能就這麼結束，該為老人做點什麼。

兒子搭計程車回來，不跟我打招呼便衝進屋，不久裡面傳來吵嘴的聲音，當然吵，這棟老房子雖破又漏水，可是座落在信義區，一坪起碼八十萬台幣。本來兒女希望老人生前賣房，把錢分一分，輪流住兒女家，老人不肯，他扭曲嘴形努力用假牙咀嚼生煎包說：

「聽過莎士比亞寫的李爾王故事？李爾王生前把國家分給三個女兒，老的時候連飯也沒得吃。」

忽然兒子的嗓門提高：

「這隻貓怎麼辦？」

路易沒耐心等待牠的未來，邁著小步跺出紗門，我朝牠揮揮手，老傢伙不再怕生，一頭鑽進我懷裡。

明白老人聘用我的原因，知道該怎麼做了。我抱著老黃毛貓走出巷子，我問牠：

「我一個人住，今後若照顧不周，請多體諒。」

牠沒回答，喵也沒喵一聲。

最高興的是小咪，她抱緊路易：

「我是小咪，你是小喵，我們一對。」

「牠是路易，」我提醒小咪：「或者是老喵。」

「我們可以養牠喔？」

「如果妳不反對就養，反正頂樓加蓋的唯一好處是沒人管，半夜貓叫吵到鄰居，可以推說野貓路過。」

「房東呢？」

「從沒來過，只要按時把房租轉進他帳戶，相信今後也不會來。」

晚上小咪又不回去，她睡得很甜，我睡不著，腳前的路易縮著身子看來已經習慣我可憐的小住處。

喂，路易，問你個問題，兔子失戀後接收了拿破崙，老先生死後我接收了你，難道你們有定魂安神的作用？

牠抓抓臉頰繼續睡。

突然想到新的問題：老爸需要一頭貓嗎？

關於結束

村上春樹在《1973年的彈珠玩具》裡說：

「關於結束，有的結束是為了躲避，期待有新的開始；有的結束則根本是為了開始。」

村上講的是文言文，白話文應該是：

「這個世界上根本沒有結束，只有一長串的開始，和死透透。」

根本不用擔心老爸，他住進學校宿舍。

老房子展開整修，大工程，我去看了兩次，所有東西堆在客廳拿布罩住，但還是太多，尤其他的書。老爸做了人生第二次的「捨」，他分類，我打包，郵寄去偏遠鄉鎮的圖書館，不過我懷疑這年頭有幾個人對研究「平平仄仄仄平平」的書感興趣？

他高興就好。

小古叔叔在學校教建築，我另一個懷疑，搞學術的以前真有過實務經驗嗎？看他每天下課便泡在我家手舞足蹈指導工人，依然，他爽就好。

難以想像，原本掛滿字畫、擺滿仿明式木桌椅中國風的家，即將變成不鏽鋼廚房、義大利家具的歐風住宅，轉變是否太大？

另一方面，爸的新生活幾乎連我也跟不上。他去五星級飯店上法國料理課，一星期一次，從未缺過課。

「兒子，我是班上唯一的男生。」他帶我進百貨公司挑德國菜刀：「就我一個喔，其他全是什麼董事長的小三或貴婦。你看我現在穿的，兩位資深美女帶我去買的，她們堅持逼我扔了細皮帶，不准我穿褲腰超過肚臍的褲子。」

哼哼，我就知道他甩了綠豆湯阿姨，別有用心。

「都是人家的太太，別亂想，你爸不是那種人。」

說真的，他是哪種人？

爸現在的拿手菜挺拗口，油封鴨腿，我奉命當實驗品，吃了兩次，心得是——鴨肉太老、鴨皮太油，倒是配的紅酒不錯。

可能料理班同學維持相當的身材，希望他不要毀了全班合照的畫面，聽 Julia 和 Maggie 的建議報名學游泳，問我要不要去？算了，這麼大的兒子不適合幫老爸追女人。

他終於承認其中的 Maggie 未婚，果然有詐。

在校園見到綠豆湯阿姨一次，我隨爸往宿舍走，她站在老遠的樹下，我見到她哀怨的眼神，但她立即昂首以快速步子離去。

我提醒爸，他看了阿姨背影一眼：

「年紀差太多，該斷便得當機立斷。」

「當初媽也當機立斷？」

「不，你媽拖了很久，她希望我能改變，我也知道該有些改變，可是，兒子，有時候提不起氣力。」

他認真地看看我：

「你還小，難懂。」

錯了，我懂。

曾經想過，爸快六十歲，他仍提得起氣力的時間，充其量再十年，做兒子的，似乎只能站在旁邊欣賞老爸有氣力的最後十年。

當然也見過Maggie阿姨，四十多歲，全身香奈兒，是那種走在街上一手挽老爸、一手挽我的女人。吃飯時她乖巧地坐在一邊，吃什麼全聽老爸的，除非當老爸將酒單遞給她時。

我猜得出老爸想彌補什麼，猜不出Maggie阿姨想從老爸身上得到蝦米款欸救贖。

令我頭痛的不再是爸，是媽。她和新老公吵架，沒娘家可回，竟然回兒子家。世界究竟怎麼了？

媽先來過電話，說要看我。半小時後她氣呼呼地提口大箱子站在陽台皺眉：

「你住的是什麼狗窩？」

她馬上見到路易：

「狗窩裡養頭貓？」

幸好小咪回家去，不然——不然讓老媽尷尬地再拖箱子下樓，不人道。

她和口中的「死老楊」，為窗檯的花吵了一大架。老媽與大學同學去中南部玩了三天，回來花已枯死，老楊忘記澆水，老楊解釋，他工作忙。

「這種話我聽夠了，男人以為地球以他們為軸心，不然轉不動。自私！你爸以前這樣，以為老楊好點，結果，一樣。」

遷怒。老楊稍不當心，老媽遷怒天下所有男人。

老媽住進頂樓加蓋，她扔了我的破床，從 IKEA 買來兩張新的，一張她睡，一張折疊的，我睡。幾天功夫，我家是她家……

我家是她娘家，沒什麼不好，但從早到晚接她傳來的簡訊：

「路易怎麼了，不吃飯？」

「貓不吃飯？誰曉得你給牠吃什麼混了化學激素的貓食，弄壞胃口。」

「洗碗精呢？你洗碗乾洗呀？」

下午三點她做完瑜伽回到我家——她娘家：

「兒子，晚飯想吃點什麼？」

晚飯？死老楊約了我。

乖乖趕回家吃晚飯唄，再找個理由摸去兔子那兒，老楊不習慣酒吧，坐立難安喝台啤。兔子朝我擠眼睛，害我差點以為他中風。

老媽不接他的電話，老楊垂頭喪氣地說：

「就一盆花。」

老楊錯了，老媽是怕再次掉入餘悸猶存的婚姻輪迴。

把老楊灌醉，送他回去。

老媽在陽台替她新買的兩盆植物澆水：

「老楊找你對吧，你們男人除了瞞女人，有其他本事嗎？你為什麼學他們也騙我。」

然後媽握著澆花的塑膠罐哭了。

我回到小學三年級，犯錯之後只能低頭站在一旁任她哭，說不定她哭完，摟住我進屋吃飯。

這回她照樣摟我：

「我們女人一生最愛的男人，只有兒子，其他的男人別想再給我氣受。」

老媽太英明，她幾句話憋死我準備好替老楊翻案的一肚皮說詞。

由她吧，誰叫我是她兒子，怎麼說都她有理。

事情愈來愈棘手，她到處看房子，說她受不了鐵皮屋，得找個像人住的地方。她買了洗衣機，說自助洗衣店的機器不乾淨。我得十一點上床睡覺，她說熬夜對身體不好，害得路易也睡不好。

原來老媽一旦全心全意放在兒子身上，是件僅次於農曆七月撞到鬼的可怕事情。連兔子也繃緊臉孔說：

「非常明確，你將成為台北最大最老最珍貴的媽寶。」

不能再忍。

躺在對面大樓閃進來的霓虹燈光線裡，我說了很久，說老楊已經認錯，說我和小咪的關係，她沒回應，直到我口乾舌燥起來找水喝，她總算開口：

「好好對女人。」

話沒講完。

「要不，別生孩子。」

停了很久。

「孩子長大離開家，女人心裡空了一大塊。」

我該回應？

「成天把路易一個人留在家裡。」

路易是貓，不是人。

「別說貓不怕寂寞，誰都怕寂寞。」

這時才見路易不知何時早從我腳旁躺在媽的床上，牠不講義氣。

「和那盆花沒關係，老楊不是壞人。」

路易睡得舒服，可能閉眼假睡聽我們講話。

「他不懂我心裡空的那塊愈來愈大。」

等等……

她說的是我？

老爸改裝房子，留了大臥房給我。
父親疼兒子。
老媽撇下老公，搬來和兒子住？
老媽愛兒子。

再等等……

莫非最後我得選擇：跟老爸住，或老媽和我住？
他們為什麼只生我一個？存心搞死獨生子？

忽然想起以前發生在小乖身上的事。小乖提行李去出差，乖媽興奮地問：去哪裡？台南？等我十分鐘。

十分鐘後乖媽享受高鐵的冷氣，餵小乖吃台鐵的排骨便當。

不能讓這種事發生在我身上。

「我明天出差。」我說。

「哦，那好，明晚我約你黃阿姨吃麻辣鍋，我們現在都單身。」

等等……看樣子我永遠搞不懂這位最親近的女士。

葉子說：

「這有什麼搞不懂的，以前我奶奶說得有道理，千萬別讓另一半嚐到自由的滋味。」

「你爺爺一直沒自由？」

「他始終不知道自由是什麼。」

這，我更不懂。

我們偶爾在兔子店裡碰到面，照樣聊些有的沒的，直到有天下大雨，她七點多便進來，恰好我悶得發慌也在店裡。她向兔子打個招呼，拉我便走：

「到我家吃飯。」

「我呢我呢？」兔子喊。

「好好顧店。」葉子答。

到她家已八點，老太太開的門，她居然當我是熟人般，既沒招呼，也沒寒暄。她說：

「晚飯在桌上。」

老先生坐在飯桌旁，領口仍繫圍兜笑呵呵張嘴看電視裡的廣告。

葉子親了老先生額頭，按我肩膀要我坐下。

桌面有馬頭魚燒豆腐、瓦罐裝的紅燒肉、兩樣青菜。葉子盛兩碗飯，拎出一瓶紅酒要我開瓶。

吃飯過程，我一句話沒說，一句也沒，沒有說的機會或必要。

「爸不是寵物，妳老這樣餵，看他肚子都突出來。」
「人老，能吃是福。」
老太太一口一口餵老先生。
「弟呢？」
「誰曉得。」
「這樣不行，妳成天忙老的，小的也該管管。」
「沒空。」
又一口鋪了魚肉的飯送進老先生笑呵呵的嘴裡。
說著話，葉子的杯口碰碰我的杯子，證明她沒忘記飯桌上還有客人。
我吃得很慢，怕吃完飯不知該怎麼辦。也許我可以去洗碗？
奇怪，為什麼想起咪爸和咪媽？如果他們離婚，咪爸不再是小咪的爸？想起山莊裡小 Andrew 的奶奶，她的兒子死了，同時意味失去寶貝的孫子？我如果和小咪分手，以後不能再和咪爸站在屋簷下抽菸？可是——
可是雇我的老人死後，卻只能將路易交付給我。

迷宮似的親屬關係。

葉子洗碗，我幫忙沖乾淨，老先生看電視，老太太在沙發內睡著，至於這個家的弟弟，可能仍在圖書館用功或在女同學家用功。

整理完，葉子摟住老先生，在他額頭親一下，替老太太蓋了毛巾被，領我窩往陽台，沒喝完的酒與新點的兩根菸、趴在她腳旁的Jane，還有頭上曬的衣服——三條丁字褲都是葉子的？她只穿這種內褲？不怕卡到陰？

「說說你的事。」

「什麼事？」

「能下酒的事。」

我說了上星期接的案子，關於貓，但沒有貓……

坐到捷運的終點站，等十五分鐘換乘巴士，半睡半醒之間再晃四十多分鐘，來到台灣北端的海邊。不像南台灣的沙灘、藍天、比基尼，而是堤防圍起來的珊瑚礁海岸，赤腳踩下去，可能畫出好幾個口子。

有個很舊的老社區，入口處是掉了漆的牌樓，依稀可見上面寫著「歡迎光臨」，但我清楚，沒人歡迎我。

兩天前顧先生透過朋友找我，他和女友已分手半年，希望我能替他取回仍留在女友處的一些雜物。

「其他東西不重要，我要的是那頭貓。」

喔，他要我找回他的貓。

有地址，有電話，事前也和那個女孩連絡上，她的口氣很平淡：

「他的東西，好像還有一點，我早整理好，你隨時來拿。」

忘了提貓的事情。

社區就一條南北向的小街，第三個巷口左轉，我按響其中一戶的門鈴，穿長裙卻沒穿鞋的長髮女孩下來開門，她沒要求看證件，沒等我做自我介紹就領我進去。

屋內兩面是窗，老式木框的深咖啡色窗子，全開著，海風透進來，省了冷氣。

我見到的是客廳，沒有書架，書一摞摞順牆往上疊，有的書上擺了咖啡杯、小玩偶，有的則架塊木板，上面擺了小盆的花。

萬一地震——

最醒目的則是正中央鮮紅的三人座大沙發。

她什麼也沒問，要我坐在紅沙發對面一張看起來像漂流木組成的高背椅，椅背不按照人體工學設計，坐久大概能長骨刺。

小木頭茶几上已擺了一壺茶和一碟瓜子，她問我 tea or coffee？咖啡吧，茶是同情，咖啡則是陪伴。

她在我面前用濾式壺濾出香濃的咖啡，待客完畢，便窩進她的紅沙發，兩條小腿斜斜收進裙內，捧著有點歷史的青花茶碗，我們天南地北聊起來。她對前男友的近況絲毫沒有興趣，倒是不停問我的行業。當說到如何跟蹤外遇的老公時，她呵呵呵直笑。

該提正事了，她伸出一隻腳朝茶几上踢出一個裝鳳梨酥的紙箱，呃，這是男人的東西？

「遺物，我和他感情的最後遺物。」

打開紙箱，裡面有筆記本、幾本書、刮鬍刀、全套 CSI 的 DVD、幾片 CD、一把牙刷、T恤、短褲、人字拖……等等，還有一個鬧鐘？

「我這兒用不著鐘，時間寫在窗外。」

果真如此，此時遠處金黃一片，大約下午五點多了吧？

少了最重要的那樁東西，我朝屋內打量，客廳後面是沒有門的廚房，從我這兒望去，一目瞭然，還有間臥室，門則關著。不能冒失闖進女孩的臥室，我搔搔頭小心地問：

「他說有隻貓。」

「貓？」女孩先愣了愣，接著掩嘴直笑，「你跟他說，貓早跑了。」

貓跑了？看樣子我既不能搜整間屋子，也不能指她撒謊，頂多摸摸鼻子捧著紙箱走人。

謝了咖啡，我走回公車站，還得二十分鐘才有車，摸出手機撥給顧先生，我說明紙箱內的東西，並說，貓跑了。手機那頭好一陣子沒聲音，最後：

「跑了？就跑了吧。」

上公車離去，在拐彎處好像看到女孩那間房的窗戶，明白了，那隻縮起腿捲曲於鮮紅沙發內的貓，正小口小口抿著茶，配北海岸蛋黃般的落日。

「貓跑了，有創意。」她摸著Jane頸項間的毛。

「第二天我把紙箱送去顧先生公司，一百多人在同一層樓工作，沒人停著，連走路都小跑步，他坐在最大那間辦公室，看也沒看我送去的紙箱，一個人對窗外發呆，倒是我偷眼掃了他辦公室每個角落。」

「賊眼！」

「桌上有相框，全家福的那種照片，有他、女人、孩子。」

「沒有貓對不對？」

叮咚，用兔子的話：「正解。」

「養貓和養狗到底有什麼不同？」我問。

「養狗呀，用途比較多，看門啦、嚇嚇人，也是玩伴。養貓呢，沒人期待牠們抓老鼠，陪伴而已。」

她對Jane說：

「相依為命，對不對？」

早已哽在喉嚨的問題，我再也憋不住：

「妳在兔子那裡說，我是妳唯一帶回家的男人？」

「對呀。」

「因為我古錐可愛？」

「因為聽你講一整晚的話，覺得你可能了解我的心情。」

呃，她的什麼心情？

「可是我記得有塊五十元硬幣大的胎記……」

她收回摸 Jane 的手，毫不猶豫拉起T恤，解開胸罩：

「怎麼樣？」

渾圓的乳房，即使陽台光線很暗，仍清晰見到她左半球下方的胎記。

「家在，不是我記憶力出毛病。」

她收起乳房：

「然後你往枕頭一歪，睡得跟死人差不多。」

「哎。」

「懊悔?今天晚上想彌補?」

我沒出聲。

「英國作家葛林寫過他見到女家教的心情:『露出很長部分的赤裸大腿,剎那間我身心俱墮入了情網。』阿呆,你愛上我有胎記的乳房了。」

繼續沒敢出聲。

「每個男人都愛乳房,每個男人假裝女人只有乳房,其他的不存在。」

正常的規律是脫掉她的胸罩、握住她的乳房、吸吮粉紅色的乳頭、拉下她的丁字褲、堅挺地進入她濕潤的體內。範圍是哆啦A夢守望的床,或白色吊扇底下的房間。

我見過她的家人,吃過醬油荷包蛋,坐在Jane的旁邊,見到乳房時,我竟然一點也沒勃起,一公分也沒。

跳脫出規律與範圍,一如太空旅行進入黑洞,電腦母體一再說:缺乏參數。

事情若簡單些,多好。

帶她回我的頂樓加蓋,說不定氣氛能膻色腥點,可是老媽陪路易,可能又在澆花。

「結束了？」兔子給我一杯酒：「結束是開始。」

屁話。

「手機沒開？全銀河系的外星人都找你。」

我趕緊開手機，老爸說他健康檢查報告出來，一切還好，不過腸子裡有瘜肉，醫生說觀察一陣子再決定要不要割掉。

割掉？聽來驚悚。

老媽說她找到房子，在民生社區，她同意和我各付一半房租。

同居？聽來可怕。

小咪留下很長的話，咪爸搬出去住了，他不願意在人生的黃昏歲月，繼續處處遷就咪媽。

分居？聽來悲傷。

「你媽男朋友來過，我請他喝了兩杯，掛你帳上。」

「說什麼沒？」

「說他想你老媽，沒你媽……怎麼說的？」

「他的規律亂了，範圍沒了。」

「類似。生活少了重心之類。」

拿破崙跳下酒櫃，又趾高氣昂閱兵式地走過吧檯。

我忽然想到：

「兔子，你是我規律裡的一部分耶。」

「不必。」

「你還是我生活範圍內似存在似不存在的一小部分。」

「他媽的，謝謝你的告白，不過我喜歡穿裙子。」

關於開始——

老媽當然回去當老楊的老婆。

不能不讚揚老楊死纏爛打的本領。

接受老楊的建議，接受老媽分擔房租的堅持，但放棄民生社區，租在老媽家國宅的一樓，有個小院子。她有事沒事下樓幫我收拾房子、煮綠豆湯，我家終究是她家。

開始時小咪很不習慣，在我這兒過夜，第二天早上會被煎蛋香味誘醒。幸好她諒解，安慰自己，有現成的早飯不吃，何苦。

一切改變源於老楊的苦口婆心：

「你媽習慣有個兒子，求求你讓她繼續有兒子，免得她的精神全放在我身上，對她比較健康。」

老楊沒說，對他，更比較輕鬆。

愛情有時他媽的累，像揹五十公斤磚塊沉到水裡，拚死蹬腿想浮上去享受二〇一五年份的氧氣。

老楊巴結到甚至送我存放葡萄酒的小冰箱，有時我晚回去，老媽這麼 LINE 我：

「兒子，和老楊在你院子喝酒，回來前先通知我。」

他們分一半房租，想盡辦法A回去。

咪爸偶爾來找老楊喝酒，我撮合的，這樣他才能順理成章見到小咪。他與咪媽仍保持分居狀態，將來怎麼發展，誰也不知道。

到底分居有什麼規律和範圍呢？咪爸說得含糊，老媽替他下註解：

「一兩個星期傳個簡訊問對方：我襪子在你那兒嗎？差沒簽字離婚而已。」

瞭，規律是偶爾維持起碼的連絡，範圍為律師事務所。

咪爸生日那天在老楊家過的，老媽夠意思，做一桌子高膽固醇、高鹽兼高糖的大菜，小咪在老媽指導下烤出大蛋糕。從太陽沒下山吃起，幾乎吃到世界末日。

之前咪爸從沒牽過、握過、抱過小咪，那晚吹完蠟燭，小咪先抱他，咪爸一下子哭得像大雷雨，靠，老男人哭起來真嚇人。

他哭，小咪這種水做的生物跟著哭，莫名其妙地連我媽也哭，她幹嘛摟住我哭？只老楊沒哭，他說：

「你們都有人可以摟。」

老媽先摟他，小咪摟他，連咪爸也摟他，我不能不湊熱鬧再摟上去，心情如我媽的結婚喜宴，那天每個長輩都摟我，他們藉擁抱肯定我的諒解與勇敢，那麼我摟老楊，同樣意思，他把老媽只用半顆心愛他的不平衡心情吐出來，勇敢。我，諒解。

只有路易誰也沒抱，牠躺在花盆旁看窗外的夜景。路易老了，如今媽照顧牠，媽認為我不夠成熟，尚未培養出照顧貓的心情：

「太浮躁，一天到晚只曉得喝酒。」

和老媽間的規律日趨複雜，範圍無聲無息增大，不過小咪辛苦，她必須保守機密，回家即恢復與咪媽間的規律，以咪媽為中心的範圍。她有兩套規律與兩個範圍，其心境近乎養小三的男人，隨時謹慎不讓規律衝突、範圍錯亂。

至於老爸，傷腦筋，老房子重新裝潢完成，非要我去試住，於是恢復每週六住回溫州街的規律。有時小咪陪我，有時 Maggie 阿姨陪他。

私下和 Maggie 見面，她說老爸返老還童，成天忙不停。

她半張臉躲在紅酒杯後吃吃笑：

「誰敢嫁給他，還是各過各的日子好，我們這把年紀，天天黏在一起，恐怕沒人挺得住。」

熟女經常說出帶哲學味的話，耐人尋思。

她這樣保持距離，倒霉的是我，每週六回去被爸纏到半夜。要我擬出七天六夜的日本行程、教他怎麼將對電腦的依賴轉至手機。更難以相信他比以前老媽更潔癖，早上拖一次地，下午再拖一次。嫌我亂扔襪子，示範怎麼摺疊內衣褲。

爸見過路易。

媽與老楊參加旅行團，路易一副心不甘情不願的樣子隨我到樓下，牠端個架子，不念當初我收留牠的恩情。週六得回爸家，裝進貓籠搭捷運，幾個小朋友逗牠，照樣理也不理。

對路易，爸有點無從下手的尷尬——我的意思是他覺得該抱抱貓，以盡地主之誼，可是路易選擇廚房一角，不理會爸張開的兩手。

爸將晚飯剩下的半條魚送到路易嘴前，沒用，路易的頭往旁一扭，繼續趴在兩條前腳上。

「你這隻貓怎麼了，生病？」

牠不是生病，這個家不是牠的範圍，爸超乎牠的規律。

幾天之後，說也怪，牠半夜爬上爸的床腳，舒舒服服睡到天亮，爸的打呼聲也沒干擾到牠。

為此我和爸研究許久，爸認定是他的愛心感動了路易，我有不同的意見，無論廚房怎麼翻新、無論爸換了新的床單和被套，這棟房子到處仍留著媽的氣味吧？

想不通媽怎麼買通這頭無情老貓！

路易在剛入冬，今年第一個冷鋒來襲的清晨過世，享年……不詳。

媽下樓推醒我說：

「路易走了。」

據媽的說法，事前毫無徵兆，前一晚路易還難得地吃掉一大碗她精心調配的貓食，看來胃口好，精神不錯。到半夜，媽覺得腳涼冰冰，以為老楊踢被，才發現路易沒了氣息。

和路易相處幾個月而已，媽卻視牠如親人，難過得泣不成聲。

辛苦了，路易。當年牠可能流落街頭有段歲月，被老先生的女兒拾回，兩老在潮濕的公寓內相互取暖，沒想到老先生沒多久便捨牠而去，跟著我，大概體會不到親情，直到老媽帶走牠。

由專門處理寵物遺體的葬儀社將路易火化，葬於寵物公園的一棵樹下。

那天該來的人一個不缺，老楊和媽，咪爸和小咪，兔子和拿破崙，連葉子也傳來簡訊致哀。

小心埋下路易，小咪覺得我該講幾句話，好吧，我說感謝路易在參與我們人生的短短歲月裡，帶來溫暖，讓我們學會關心彼此。

我的話被老爸的現身打斷，他穿整齊的黑色西裝，捧了一束花，彆彆扭扭站在小咪身後。我沒講什麼塵歸塵、土歸土，我最後講：

「路易，我們永遠記得你。」

老媽捶我，這是她打算掉眼淚的預備動作，小咪捏我，表示我說的話還得體。拿破崙從兔子懷裡跳下，昂首走過我們面前，往路易的墳頭一趴，表達牠的追思。

爸禮貌地向喪家致意，他先拍拍小咪的頭，和咪爸握手。再走到兔子面前：

「你是兔子吧，謝謝你多年照顧我兒子。」

兔子彎下一九三的腰。

最後老爸走到媽和老楊面前，這是他們離婚後第一次見面。爸兩手握住媽瘦弱的肩頭將她摟進懷裡。我聽到他小聲地說：

「對不起。」

他摟老媽，一隻手伸向老楊，握住老楊的手，握得用力，手掌的虎口突出一小塊肌肉。

所有人圍在路易的樹下，一切有關愛情的規律於這一刻變得極其簡單：關心而已。範圍則是——路易的那棵樹。

我陪爸走到捷運站，他上車前我才說：

「爸，今天你夠帥。」

他在闔起的車門內向我比個大拇指。

忽然間覺得，人生這麼再次開始，其實，也不賴。

後記

我以前暗戀過一個女孩——

張國立

作為女孩，你暗戀過老師嗎？愛過所謂戀父情結的成熟男人嗎？之所以想到這個問題，因為前幾天在大賣場內遇見熟悉的面孔，大學沒考上那年，我在補習班追過的女孩。

那年我十八歲，滿腦子想的就是要個女朋友，而她恰好坐在我前面，是班上八十多名同學最漂亮的。

估計寫了二十來封情書，徐志摩與張愛玲的書，八成那時念的——應該說，抄的。努力幾個月，女孩理也沒理我。

每個男生周圍總有一群師爺，出過幾百個遠超出他們智商範圍的主意，毫無成果，後來明白，她愛上教數學的老師。

重複一次，那年我們十八，這位老師起碼三十好幾四十多，留長髮，不過頭頂已經有禿的跡象。

（好吧，承認提人家禿頭的事，我有點小人。）

隔一年我考進台北的輔仁大學，女孩再次沒考上，她可能根本沒考。那年聽說她結婚了，嫁給數學老師，至於數學老師如何處理他原本的家庭，我懶得問。

你們知道，十八歲的男生很容易戀愛，也容易遺忘。

很多年後，我是某報的記者，奉派到高雄出差，在飛機上見到那女孩，她依然漂亮，儘管拖著五、六歲大的男孩，身材完全沒變，尤其扭著屁股穿過飛機中央的走道時。當然，她也依然沒理我，我猜她根本從來不記得我是誰。

數學老師不在飛機上，看來女孩帶兒子回娘家，留老公在台北繼續賺錢。喔，那幾年正值戰後嬰兒潮的嬰兒全長大，補習班的生意好到像把塊豬油掛在太陽底下曬，油滴得一地呀。

飛機上我想了很多事情，想如果當時她對我的情書有回應，接下來我的人生會有什麼大轉折？想她滿足於當「師母」的生活嗎？還有，想數學老師的頭頂禿光了沒？

（請原諒我小人，沒辦法，我實在很難刻意美化這位數學老師。）

前幾天我上大賣場買酒，其實我不懂酒，朋友老李把他選好的酒拍照傳給我，依樣挑就是了。逛著逛著，我再見到她，一人小碎步衝鋒陷陣式地，見著要的東西便往後面的推車內扔，至於推車子的，哈！我該上前問候：

「老師你好嗎？」

女孩雖已升格為……熟女，我不能不說她風采依舊，馬尾在腦後搖蕩，細腰在我眼珠子裡扭擺——醒醒，早已不再十八！

然後我跟在他們後面，老師當然全禿。

（我真不厚道，你們明白什麼是新仇舊恨嗎？）

他不忘在脖子打條綠色領巾遮住起皺的脖子，不忘穿花格子高爾夫褲，混亂別人對他肚圍的注意力。

（接受你們對我言詞的不齒。）

一路上，師母將東西往推車內塞，也把車內東西往外堆回貨架，全程約十一分鐘，數學老師至多只講一句話，其他全由師母講完，內容不外乎罵老師有糖尿病，不准吃甜的；打老師的手，不准他摸酒瓶，難道摸了酒瓶也會酒精中毒？

我和女孩的眼神終於在這天交會了一次，她狠狠瞄了我推車內的酒，更狠狠瞄了我一眼。

應該在十八歲那年學會徹底遺忘，否則留下的殘影對前老年期的男人，多少仍有傷害。

當我放棄跟蹤，推著酒經過他們身邊時，聽見女孩罵我不怎麼敬愛的老師，內容大致上是：

「什麼叫生活規律？喝酒是規律，吃薯片是規律？跟你的規律我打了一輩子的仗，現在聽我的。」

我悄悄離開，悄悄消失，別說雲彩，我連 PM2.5 也帶走。

如今我坐在書桌前，想寫點關於「規律」的事。有位女性的老同事曾告訴我她的第一段婚姻故事，那年她二十幾吧！記者嫁給已四十幾的名專欄作家，維持了四年，她說她是以逃跑的心情離的婚，原因在於她受夠了「規律」。

婚後專欄作家明白表示，他習慣吃他母親做的飯菜，且習慣在家吃飯，這是他的生活規律。朋友努力跟著婆婆學做菜，投身進丈夫的規律之中，很快取代婆婆在廚房裡的角色。

「四年，你曉得我燒了將近三千頓的飯嗎？每天至少中飯和晚飯，後來我看到自己燒出的飯菜幾乎想吐。」

了解，那時她才二十幾歲，整個世界等著她，卻窩在廚房設法滿足老公的「規律」。

最後讓她下定決心逃離這段婚姻是瓦斯的聲音。

她說專欄作家每晚睡前的規律是喝杯牛奶，熱牛奶，於是每到十點半，他自己在廚房熱牛奶。這時她早已躲到門口，可是躲不掉響在身後打瓦斯的卡卡卡聲音。離婚後很多年，她還因為夢到卡卡卡聲音而驚醒。

規律原來有它可怕的一面，除非接受，不然只有逃開。

女同事後來也談過幾場轟轟烈烈的戀愛，卻都不肯結婚，她說戀愛時不知道男人有什麼生活規律，她怕。

前幾個月和女同事喝咖啡，很久沒見面，她說的第一句是：

「我養了四隻貓和幾隻狗，過去十五年我沒有任何男人。」

懂，這麼多年，她一定也早有自己的規律，不願適應別人的規律。

啊，想到另一位女性朋友，情況差不多，她剛進社會時，愛上一位有點年紀的男作家，相差二十歲左右，她覺得年齡不重要，尤其她能從老公身上學到很多，她更喜歡安定感與安全感。

問題出現在規律，她老公刷牙必定一百二十下，左上左下，右上右下各三十下，所以在他刷牙時，千萬別跟他講話，免得他中斷數次數，會很沮喪。老公早飯後吃三種丸子：維他命、魚肝油和鈣片。愛惜自己身體是好事呀——不，她老公每個月初最重要的事情便是把這個月份的三種丸子買齊，其他事情皆可擱在一邊。

這是他的規律，就由他，干她什麼事？

不想管，不過一早起來見到餐桌上排著整整齊齊三顆藥丸，她漸漸受不了。

「好像面對一個不會轉的星球，每天只能看到月亮，偏偏我以前看過太陽，知道地球會轉。」

哎，適應對方的規律真的是樁挑戰。

趕緊反省，我的規律也不少，像是一定要有雙某個品牌的球鞋，打籃球只這牌子的鞋。剛結婚，老婆買了另一個牌子的球鞋送我當禮物，硬是塞進鞋櫃直到今天，變成「潮鞋」（潮濕到脫底的鞋）。例如我對付T恤有我的方法，每件摺好後再捲起來放進紙盒內。看起來這種瑣碎的規律不壞，但紙盒下面的幾件，我從沒穿過。

婚前──小聲地說，我老婆那時雖年輕，卻很「瞭」中年男子必有其規律──問我一晚上，於是她從不過問我寫稿時是否順便上色情網站，從不理會我頂大太陽打籃球是否會中暑。這樣她逃開我的規律。

規律不可怕，接受對方的規律有點小可怕，尤其當雙方年齡有些差距時，請千萬記得，老男人的規律多如牛毛。

在此強調，我對「文青式的戀愛」沒有意見，仰慕老師或前輩本是天經地義的事情，不過請先多瞭解對方的規律，覺得自己能包容，那就再美好不過了。

讓我們一起再思考一次，如果他數十年的生活規律是在家吃飯、吃老媽燒的飯菜，試圖打破他的規律顯然有欠人道，你能加入他的規律？

即使年齡相近，每個人都拖著長長的過去，請務必審視一下彼此的規律，它往往是愛情無形的殺手——

唯心 0013

愛情的規律與範圍

作者—張國立
封面設計—萬亞雰
內頁設計
內頁編排—美樂蒂
封面插畫—蛋妹 ViviChen
內頁插畫
主編—周湘琦
責任編輯—施穎芳
責任企劃—汪婷婷
董事長—趙政岷
總經理
總編輯—周湘琦
出版者—時報文化出版企業股份有限公司
10803 台北市和平西路三段二四〇號二樓
發行專線 （02）2306-6842
讀者服務專線 0800-231-705、（02）2304-7103
讀者服務傳真 （02）2304-6858
郵撥 1934-4724 時報文化出版公司
信箱 台北郵政 79～99 信箱
時報悅讀網—http://www.readingtimes.com.tw
電子郵件信箱—books@readingtimes.com.tw
時報出版風格線臉書—https://www.facebook.com/bookstyle2014
法律顧問—理律法律事務所 陳長文律師、李念祖律師
印刷—詠豐印刷股份有限公司
初版一刷—2017 年 3 月 17 日
定價—新台幣 300 元

國家圖書館出版品預行編目 (CIP) 資料
愛情的規律與範圍 / 張國立著 .
-- 初版 . -- 臺北市 : 時報文化 , 2017.03
面； 公分
ISBN 978-957-13-6923-5(平裝)

857.7 106002020

時報文化出版公司成立於一九七五年，
並於一九九九年股票上櫃公開發行，
於二〇〇八年脫離中時集團非屬旺中，
以「尊重智慧與創意的文化事業」為信念。
（缺頁或破損的書，請寄回更換）